Cómo vivir con un niñ@ hiperactiv@

COMPORTAMIENTO, DIAGNÓSTICO, TRATAMIENTO, AYUDA FAMILIAR Y ESCOLAR

Cómo vivir con un niñ@ hiperactiv@

COMPORTAMIENTO, DIAGNÓSTICO, TRATAMIENTO, AYUDA FAMILIAR Y ESCOLAR

Aquilino Polaino-Lorente
Doctor en Medicina
Catedrático de Psicología

Carmen Ávila de Encío
Doctora en Ciencias de la Educación

NARCEA, S. A. DE EDICIONES
MADRID

1ª edición: noviembre 1998
2ª edición: setiembre 2000

Dr. Federico Rubio y Galí, 9. 28039 Madrid
narcea@infornet.es www.narceaediciones.es

Cubierta: Fernando García de Miguel

I.S.B.N.: 84-277-1295-2
Depósito legal: M-36.592-2000

Impreso en España. Printed in Spain
Imprime EFCA. Verano, 28. 28850 Torrejón (Madrid)

Índice

1. ¿QUE ES LA HIPERACTIVIDAD INFANTIL? 9

La hiperactividad: un comportamiento frecuente 9
Características de la hiperactividad infantil 10
Tom Sawyer y la hiperactividad infantil. Atención. Impulsividad. Hiperactividad. Comportamiento. Aprendizaje. Desobediencia. Labilidad emocional. Llamar la atención.

Algunos casos de hiperactividad infantil 19
Rocío, trapecista de profesión. Carolina, la niña que no se concentra. Ana, la impulsiva. David, el niño que no obedece. Óscar, el niño que suspende. Eduardo, el patoso. Susana y los cambios de humor. Íñigo, siempre tiene una disculpa. Alejandra, la niña que no se gusta.

Problemas que plantea el niño hiperactivo 26
Con los padres. Con los hermanos. En el colegio. La desobediencia. Dificultades en el aprendizaje. Bajo rendimiento escolar.

2. ¿CUÁLES SON LOS PRIMEROS SIGNOS? 37

El niño hiperactivo en los tres primeros años de vida 37
El niño hiperactivo de los 4 a los 6 años 38
El niño hiperactivo de los 7 a los 12 años 40
Adolescencia e hiperactividad 42

3. CÓMO SABER SI MI HIJO ES HIPERACTIVO 45

Escalas de Conners 45
Descripción de las escalas. Aplicación. Corrección.

4. ¿QUÉ HACER CUANDO LOS PADRES SOSPECHAN QUE SU HIJO ES HIPERACTIVO? 49

¿A quién acudir? 49

¿Cuándo acudir? 49
El diagnóstico 50
Entrevista clínica. Observación de la conducta del niño. Evaluación individualizada.

5. ¿POR QUÉ ES MI HIJO HIPERACTIVO? 63

¿Por qué es mi hijo hiperactivo? 63
Algunos datos. La hiperactividad no es una lesión cerebral. Temperamento e hiperactividad. Alergia e hiperactividad. Educación e hiperactividad.

¿Existen soluciones? 66
Relación con el médico. Actitud con el profesorado.

6. ¿QUÉ PUEDO HACER POR MI HIJO? 69

7. ¿QUÉ PUEDEN HACER LOS MAESTROS? 71

8. SOLUCIONES 73

Los fármacos 73
Lo que los padres deben saber. Lo que debe saber el niño. Fármacos. Efectos. La colaboración entre los padres y el médico. Efectos. Cuándo administrar la medicación.

La ayuda psicopedagógica 82
Principios básicos. ¿Cómo enseñar a obedecer al niño hiperactivo? ¿Cómo solucionar los problemas prácticos en la convivencia diaria?

La ayuda pedagógica 101
Niños con un rendimiento escolar bajo. Niños con problemas específicos del desarrollo.
Método de enseñanza: implantación del estilo cognitivo reflexivo 102
Las autoinstrucciones.

9. EL HIJO HIPERACTIVO, ¿DEPENDENCIA O DEJADEZ DE LOS PADRES? 105

LAS 100 PREGUNTAS MÁS FRECUENTES SOBRE EL NIÑO HIPERACTIVO 107

VOCABULARIO: PALABRAS QUE USA EL MÉDICO 127

BIBLIOGRAFÍA 129

1. ¿Qué es la hiperactividad infantil?

La hiperactividad: Un comportamiento frecuente

La hiperactividad infantil es un trastorno de conducta, de origen neurológico que no siempre evoluciona favorablemente.

Su incidencia es alta en la población infantil. Así, diversas investigaciones estiman que del 3% al 5% de los niños menores de diez años son hiperactivos. Esto supone que, aproximadamente, 300.000 niños españoles presentan una conducta hiperactiva. Por otra parte, es importante señalar que esta conducta es diez veces más frecuente en los niños que en las niñas.

Si comparamos estas cifras con la frecuencia de otras alteraciones infantiles como, por ejemplo, el retraso mental, entenderemos que la hiperactividad sea considerada como la alteración infantil más frecuente.

Así, mientras el retraso mental supone el 1% de la población total (considerando adultos y niños), el porcentaje de nuestros escolares que sufren de hiperactividad es del 3% al 5%. Si sólo estimamos el porcentaje de niños con retraso mental, su frecuencia es menor del 1% de la población infantil. Esto quiere decir que por cada niño con retraso mental encontramos veinte hiperactivos.

Recientes estudios nos advierten que un 25% de los niños hiperactivos incurren en actos delictivos, abusan de la droga y el alcohol y tienen serios problemas de personalidad durante la vida adulta.

Hace exactamente ciento cuarenta y ocho años, Hoffman comunicó el caso de un niño, cuya conducta se caracterizaba por la inquietud motora y que el autor describió así:

«...Pero el inquieto Phil todavía no se acostumbra a estar sentado, se mueve mucho, y se ríe entre dientes. Por consiguiente, yo declaro, sus balanceos hacia adelante y hacia atrás, y la inclinación sobre su asiento, como si de una silla mecedora se tratase o como si fuera a caballo. ¡Felipe! ¡Yo he ganado una cruz!, mirad al malvado, al niño inquieto. Crece cada vez más rudo y extravagante y no para hasta que se cae completamente de su asiento. Felipe chilla con todas sus fuerzas...»

Desde entonces hasta hoy, la hiperactividad infantil ha recibido una gran variedad de nombres entre los que destacan el de «Disfunción cerebral menor», «Lesión cerebral mínima», «Disfunción cerebral mínima», «Síndrome del niño hiperactivo», «Reacción hipercinética de la infancia» y «Síndrome hipercinético».

En la actualidad, los estudios sobre la hiperactividad infantil han proliferado, llegando a conocerse mejor tanto los orígenes de este trastorno como su evolución y tratamiento.

Estos estudios ponen de manifiesto los dos hechos siguientes:

- El trastorno principal en estos niños es el «déficit de atención» y no el «exceso de actividad motora». De hecho, es fácil encontrar a bastantes niños con dificultades de atención y sin hiperactividad motora.
- El «exceso de actividad motora» con el tiempo desaparece, mientras que el «déficit de atención» habitualmente persiste.

De ahí que la hiperactividad infantil (incluida como tal enfermedad en el Manual Diagnóstico y Estadístico de la Asociación Americana de Psiquiatría) haya sido bautizada recientemente con la denominación de «Trastorno por Déficit de Atención con Hiperactividad». Se ha incluido, además, otra nueva categoría: el «Trastorno por Déficit de Atención Indiferenciado», término en el que se incluye a aquellos niños con un serio trastorno de atención pero sin hiperactividad motora.

Características de la hiperactividad infantil

Antes de describir las características del niño hiperactivo convienen hacer las siguientes advertencias:

- El niño hiperactivo no tiene un comportamiento extravagante, extraño o inusual durante la infancia. Las conductas que mani-

fiesta el niño hiperactivo son conflictivas sólo por la frecuencia con que se presentan, su excesiva intensidad y la inoportunidad del momento en que suceden.

- Estos niños tienen más dificultades para controlar su conducta cuando están con otros niños que cuando están solos. Esto se debe a sus dificultades para mantener la atención y a la gran facilidad que tienen para distraerse. Cuando está solo, sin apenas quererlo, el niño se convierte en el centro de atención de la situación siéndole más fácil prestar atención y estando para ello más motivado.
- No todos los niños hiperactivos manifiestan todas las características que a continuación se describen. Sin embargo, las dificultades de atención, la impulsividad y la hiperactividad (que son rasgos comunes a todos los niños hiperactivos) no suelen faltar aunque se manifiestan con un grado de severidad muy diferente en cada niño.

Así, por ejemplo, un niño hiperactivo puede tener un «buen comportamiento» en el colegio y ser muy difícil de manejar en casa o viceversa. Hay niños hiperactivos que tienen un rendimiento escolar suficiente, mientras que otros muestran serias dificultades para el aprendizaje. En algunos casos, estas dificultades escolares aparecen ya en los primeros cursos, mientras que en otros no se hacen patentes hasta cursos más avanzados.

Dada esta variedad de características, el diagnóstico del niño hiperactivo es algunas veces difícil y complejo, como más adelante se observará.

TOM SAWYER Y LA HIPERACTIVIDAD INFANTIL

Tom Sawyer es quizás el personaje infantil que mejor se adecua al patrón de comportamiento que es característico del niño hiperactivo. En las líneas que siguen trataremos de estudiar las alteraciones específicas del niño hiperactivo siguiendo el tradicional relato de Tom Sawyer[1] .

TWAIN, M. (1988): *Las aventuras de Tom Sawyer,* Madrid, Anaya.

Atención

Lo que más caracteriza al niño hiperactivo es su dificultad para mantener la atención durante ciertos periodos de tiempo.

Esto se pone de manifiesto en casa por la natural incapacidad del niño para seguir las indicaciones y las directrices que se le marcan. A veces puede dar la impresión de que no ha oído lo que se le ha dicho o, simplemente, que no estaba escuchando.

En el colegio, el niño hiperactivo es incapaz de concentrarse en la realización de las tareas que duran un largo periodo de tiempo. Por eso pasa con frecuencia de una tarea a otra, sin concluir ninguna. Examinemos estas peculiaridades en el relato de Tom Sawyer.

> «Cuanto más intentaba Tom fijar la atención en el libro más se le extraviaban las ideas. Así que, por fin, con un suspiro y un bostezo se dio por vencido. Le parecía que nunca iba a llegar el recreo del mediodía.» (pág. 65)

Por otra parte, es frecuente que el niño centre su atención en los estímulos menos relevantes de la información que se le presenta. Esto es lo que le sucede a Tom Sawyer durante el sermón:

> «El muchacho cuya historia relata este libro no disfrutó de la oración; se limitó a aguantarla... si es que llegó a tanto. Estuvo inquieto todo el rato, tomó nota inconscientemente de los detalles de la oración, pues aunque no escuchaba, conocía el terreno de antiguo y el recorrido rutinario del pastor a través de él, y cuando se introducía alguna pequeña variante su oído la detectaba y todo su ser se rebelaba contra ella; consideraba que era una injusticia, y además una canallada hacer añadidos. En medio de la oración, una mosca se posó en el respaldo del banco que tenía delante y fue un martirio espiritual verla frotarse con calma las patas, pasárselas alrededor de la cabeza y pulirla con tanto vigor que parecía que se la iba a arrancar del cuerpo, y el hilito de su cuello quedaba a la vista; se raspaba las alas con las patas traseras y las alisaba junto al cuerpo como si fueran faldillas de un frac, enfrascada en su aseo con toda tranquilidad, como si supiera que estaba perfectamente a salvo. Como en verdad lo estaba, porque, por muy urgentemente que las manos de Tom desearan agarrarla, no se atrevían; él creía que su alma sería destruida al instante si hacía semejante cosa durante la oración. Pero al oír la frase final, su mano empezó a ahuecarse y moverse furtivamente hacia delante, y en cuanto se escuchó el 'amén' la mosca cayó prisionera de guerra. Su tía detectó la acción y le mandó soltarla. El pastor anunció el texto... Tom contó las páginas del sermón; después de salir, siempre sabía de cuántas páginas constaba, pero

raras veces sabía nada más del discurso. Sin embargo, esta vez, durante un rato, se interesó de veras. El pastor trazó un cuadro grandioso y conmovedor del momento en que se reunirían las huestes de este mundo al cumplirse el milenio, cuando el león y el cordero yacerían juntos y un niño pequeño los conduciría. Pero lo patético, la lección, la moraleja del gran espectáculo pasaron desapercibidos para el muchacho; él sólo pensaba en lo notorio del personaje principal ante las naciones que le contemplaban; se le iluminó la cara al pensarlo y se dijo a sí mismo que le gustaría ser aquel niño, con tal que el león fuera manso… Al rato se acordó de un tesoro que tenía y lo sacó. Era un gran escarabajo negro con mandíbulas formidables... un bicho 'pellizquero'...» (págs. 48 y 49).

El niño hiperactivo es más vulnerable a los estímulos del contexto ambiental que cualquier otro niño, por lo que tiene gran facilidad para distraerse.

«La tía Polly llegó, y Tom, Sid y Mary se sentaron a su lado, colocando a Tom junto al pasillo con el fin de que estuviera lo más lejos posible de la ventana abierta y del seductor panorama estival.» (pág. 45)

Impulsividad

Tom actúa de forma inmediata sin pensar en las consecuencias de su acción, igual que el niño hiperactivo.

«—¡Ay, Tom, no dejaste señales!
—¡Becky, he sido muy tonto! ¡Muy tonto! No se me ocurrió que tendríamos que regresar. No... no puedo encontrar el camino. Estoy hecho un lío.» (pág. 236).

Cuando emprende alguna nueva actividad, empieza con entusiasmo, la realiza de forma desorganizada y desestructurada y pocas veces la termina. Cualquier pensamiento que pase por su cabeza es inmediatamente ejecutado.

«Como un rayo cruzó por la mente de Tom un pensamiento. Se puso de pie gritó: ¡He sido yo!» (pág. 161).

En el colegio, sus cuadernos están sucios y descuidados. Las actividades escolares se realizan de forma irreflexiva y desorganizada.

En casa, el niño no tiene paciencia para seguir las reglas del juego y, en consecuencia, no sabe jugar solo, no se entretiene con ningún juguete y continuamente pasa de una actividad a otra.

Hiperactividad

El niño va de un lado a otro de la habitación, salta o corre por la calle, nunca quiere ir cogido de la mano de sus padres, anda delante o detrás. Cuando permanece sentado en una silla —lo mismo que le sucede a Tom y sus amigos— tiene siempre las piernas en movimiento, se columpia, se levanta con o sin excusa y sus 'idas y venidas' no persiguen ningún objetivo; su actividad carece de finalidad.

> «Entró en la iglesia con un enjambre de chicos y chicas ruidosos y limpios, se dirigió a su asiento y empezó a discutir con el primer muchacho que encontró a mano. Intervino el maestro, un hombre serio, entrado en años; al volver éste la espalda, Tom le tiró del pelo al muchacho del banco vecino, y aparentó estar embebido en su libro cuando el chico se dio la vuelta; al rato pinchó con un alfiler a otro compañero, hasta que dijo '¡ay!' y recibió otra reprimenda de su maestro. Todos los chicos del grupo estaban cortados por el mismo patrón: eran inquietos, ruidosos y molestos.» (pág. 38).

Comportamiento

Es totalmente imprevisible, inmaduro e inapropiado para su edad. Los niños hiperactivos no son malos, pero sí traviesos, tal y como opina la tía Polly.

> «Pues como decía —siguió la tía Polly—, digamos que no era malo, sólo travieso. Sólo atolondrado y alocado, sabe usted. Más irresponsable que un potro. El nunca quería hacerle daño a nadie, y era el chiquillo con el mejor corazón del mundo...» (pág. 123).
> «¿Cómo va a saber una lo que la espera?... yo cumplo con mi deber con ese niño... Estoy almacenando sufrimiento para los dos. Lo sé. Tiene el diablo metido en el cuerpo...» (págs. 10 y 11).

Su impulsividad les lleva a convertir en acto cualquier deseo y a causa de esto continuamente se meten en líos. De ahí que ante cualquier fechoría sean siempre ellos los primeros que aparecen como sospechosos.

> «Pero a Sid le resbalaron los dedos y el azucarero se cayó y se rompió. Tom se quedó extasiado. Tanto que incluso controló la lengua y se quedó callado. Pensó que no soltaría ni una palabra, ni siquiera cuando entrara

su tía, sino que se quedaría absolutamente inmóvil hasta que ella preguntara quién había hecho el daño, y entonces él se lo contaría, y no habría cosa mejor en el mundo que ver cómo le 'cascaban' al niño modelo. Estaba tan exultante que apenas pudo contenerse cuando regresó la anciana y se quedó parada sobre las ruinas, descargando rayos de ira por encima de las gafas. Tom se dijo: '¡Ahora veremos!' ¡Al momento siguiente se encontró tirado en el suelo! La mano poderosa se alzaba dispuesta a pegarle otra vez cuando Tom gritó:

—Oye, espera, ¿por qué me pegas a mí? ¡Ha sido Sid!

La tía Polly se detuvo, perpleja. Tom esperaba un gesto de desagravio. Pero, cuando ella al fin recobró el habla, sólo dijo:

—¡Vaya! Bueno, no te lo habré dado en balde. Seguro que habrás estado haciendo alguna barrabasada en mi ausencia.» (págs. 29 y 30).

En ocasiones, estos niños se muestran agresivos y violentos con sus compañeros e incluso con los adultos. Esta agresividad no sólo es verbal (amenazas e insultos), sino también física: destrozan los juguetes de otros niños y los suyos propios, se enzarzan en peleas con sus compañeros o agreden a sus padres o a cualquier otro adulto que trate de oponerse a sus planes.

Asimismo, el niño hiperactivo miente con frecuencia y comete pequeños hurtos. Por este motivo, los padres consideran que su hijo hiperactivo no tiene conciencia de lo que hace, ya que su conducta no se adecua a ningún criterio ético o incluso legal.

Aprendizaje

Aunque no todos, la mayoría de los niños hiperactivos presentan dificultades en el aprendizaje. La capacidad intelectual de estos niños puede ser baja, normal o alta, como la de cualquier otro, pero sus dificultades de atención, la falta de reflexión y la incesante inquietud motora no favorecen su aprendizaje. Por el contrario, habitualmente lo bloquean provocando un rendimiento escolar insuficiente e insatisfactorio, como le ocurría a Tom.

«Luego Tom se arremangó los pantalones, por así decirlo, y se puso a 'empollar los versículos'. Hacía días que Sid se había aprendido la lección. Tom puso todo su empeño en recordar cinco versículos, y escogió una parte del Sermón de la Montaña, porque no podía encontrar otros versículos más cortos. Al cabo de media hora, Tom tenía una vaga idea general de su lección, pero nada más, porque su mente andaba vagando por el amplio campo del pensamiento humano, y sus manos estaban ocupadas

con diversiones que le distraían. Mary cogió el libro para tomarle la lección, y él trató de abrirse paso a través de la niebla:

—Bienaventurados los... los...

—Pobres...

—Sí... pobres; bienaventurados los pobres de espíritu, porque ellos... ellos...

—De ellos...

—De ellos. Bienaventurados los pobres de espíritu, porque de ellos es el reino de los cielos. Bienaventurados los que lloran, porque ellos... ellos...

—Se...

—Porque ellos se...

—Se...

—Porque ellos se... ¡Oh, no sé lo que es!

—¡Serán!

—¡Eso, serán! Porque ellos serán... porque ellos serán... serán llorados... ah... bienaventurados los que lloran... porque serán... ¿serán qué? ¿Por qué no me lo dices, Mary? ¿Por qué eres tan cicatera?» (págs. 34 y 35).

En niños hiperactivos muy inteligentes el rendimiento aun siendo suficiente no es satisfactorio, dada la poca capacidad de memoria, la facilidad de distracción y el poco tiempo de concentración que les caracteriza.

Con todo, estos niños están escolarizados en colegios ordinarios ya que cuando se les aplican tests psicológicos individualmente las puntuaciones son normales o incluso mejores que las de sus compañeros.

En ocasiones, los profesores atribuyen su falta de rendimiento a algún déficit sensorial (visual o auditivo) o a variables de tipo personal, como la «pereza» o la «desobediencia».

Algunos niños hiperactivos tienen dificultades para pronunciar ciertos sonidos, estructurar las frases o aprender a leer y a escribir.

Desobediencia

Este es con frecuencia el problema más acuciante dentro de la familia. Aquí, el niño hace lo contrario de lo que se le pide o, simplemente, no lo hace.

Por otra parte, el niño hiperactivo —como Tom— tiene una especial tendencia a hacer lo prohibido.

«... y Tom tenía terminantemente prohibido jugar con Huck. Así que jugaba con él en cuanto tenía la menor oportunidad.» (pág. 56)

Dada esta peculiaridad, es lógico que a los padres les resulte verdaderamente difícil enseñar a estos niños a obedecer o a adquirir ciertos hábitos de higiene y cortesía.

Labilidad emocional

El niño hiperactivo, como Tom, está sujeto a bruscos cambios de humor.

«Su humor siempre determinaba su comportamiento.» (pág. 157).

Se irrita enormemente cuando sus deseos no son satisfechos «ya y ahora». Con el tiempo, el niño hiperactivo tiende a formarse un pobre concepto de sí mismo. Entre los pensamientos negativos más arraigados en estos niños destacan los de «ser malos», «no tener amigos» y «ser torpes para el estudio».

Como Tom, el niño hiperactivo no acepta perder y no es capaz de asumir sus propios fracasos, de los que se defiende adoptando una actitud fanfarrona o presuntuosa.

«—Oye... ¿Qué llevas ahí?
—Nada, una garrapata.
—¿De dónde la has 'sacao'?
—Del bosque.
—¿Qué pides por ella?
—No sé. No quiero venderla.
—¡Bah! De todas maneras es muy pequeñaja.
—¡Claro! Como no es tuya... Pues a mí me gusta y me parece una garrapata estupenda.
—Anda ya, con la de ellas que hay. Si me da la gana tengo yo mil.» (pág. 60).

En otras ocasiones, se compara con aquellos que, a su juicio, son peor que él o culpa a los demás de sus fracasos.

«Tom estaba decidido. Se hallaba abatido y desesperado. Era un chico abandonado, sin amigos, pensaba; nadie le quería; cuando se enteraran de lo que le habían empujado a hacer, tal vez lo sentirían; había intentado

Cuadro 1. CARACTERÍSTICAS DIFERENCIALES ENTRE EL NIÑO CON DÉFICIT DE ATENCIÓN CON HIPERACTIVIDAD Y EL NIÑO CON DÉFICIT DE ATENCIÓN INDIFERENCIADO

Los niños con déficit de atención con hiperactividad

—Tienen problemas para concentrarse, durante largos periodos de tiempo en una tarea.
—Se distraen con facilidad.
—Tienen problemas para seguir las directrices que se le sugieren.
—No terminan lo que empiezan.
—Actúan antes de pensar.
—Necesitan más supervisión que otros niños.
—Son disruptivos en clase.
—No son capaces en los juegos de esperar su turno.
—Pasan de una actividad a otra sin terminar ninguna.
—Los síntomas comienzan a manifestarse antes de los siete años.
—Pierden las cosas.
—Contestan a las preguntas antes de haber terminado de formularse.
—Pelean por cualquier cosa.
—No miden el peligro de lo que hacen.
—Son inoportunos cuando están en grupo.
—Se olvidan de lo que tienen que hacer.
—Hablan excesivamente.
—Son desordenados y desorganizados.

Los niños con déficit de atención indiferenciado

—Tienen problemas para concentrarse en una tarea, durante un largo periodo de tiempo.
—Se distraen fácilmente.
—Tienen problemas para seguir las directrices, que se le sugieren.
—No terminan las tareas que empiezan.
—Pierden las cosas.
—Son desordenados y desorganizados o todo lo contrario.
—Sueñan despiertos y están inhibidos.
—Se muestran pasivos y no saben defenderse de las agresiones de sus compañeros.

portarse bien y llevarse bien con todo el mundo, pero no le dejaban...» (pág. 106).

Llamar la atención

El niño hiperactivo siempre quiere ser el centro de atención, tanto en el colegio como en casa. Busca continuamente cómo acaparar la atención de los padres o del profesor.

> «—Chicos, ya sé quién se ha ahogado... ¡Somos nosotros!
> Inmediatamente se sintieron como héroes. Aquello era un triunfo magnífico; les echaban de menos; lamentaban su muerte. Por ellos se partían los corazones y se derramaban lágrimas; se elevaban recuerdos acusadores de faltas de bondad hacia aquellos pobres chicos perdidos, y muchos sufrían de remordimiento y de pena. Y, lo mejor de todo, los ausentes eran la comidilla de todo el pueblo y despertaban la envidia de todos los chicos por tan deslumbrante notoriedad. Aquello era maravilloso. Después de todo valía la pena ser pirata.» (pág. 119).

Ahora bien, aunque estos son los rasgos más característicos del niño hiperactivo, no todos los niños hiperactivos manifiestan estos rasgos descritos en su conjunto. En este sentido, es importante diferenciar al niño hiperactivo del niño con déficit de atención indiferenciado (Véase el cuadro 1).

Algunos casos de hiperactividad infantil

ROCÍO, TRAPECISTA DE PROFESIÓN

Rocío acaba de cumplir cinco años, aunque por su baja estatura no aparenta más de cuatro. Asiste diariamente al colegio y cursa el segundo año de preescolar.

Rocío es la mayor de tres hermanos, todas niñas y con una diferencia de edad, entre ellas, de año y medio. La relación con sus hermanas es buena, pero las tiene totalmente dominadas y no permite que hagan nada sin su consentimiento. En los juegos, no es muy cuidadosa y siempre termina destrozando sus juguetes y los de sus hermanas.

En casa, Rocío es demasiado independiente y siempre trata de salirse con la suya. Sus padres la describen como una niña «inquieta, ac-

tiva, nerviosa, habladora, desordenada, mimosa y desobediente». Este año —porque Rocío es una niña difícil para comer—, sus padres han decidido que coma en la mesa con ellos. Para ello, le han puesto un cojín en la silla, de tal modo que alcance bien los cubiertos y el plato. Pero Rocío se levanta continuamente y lo hace de forma tan arrebatadora que siempre se lleva por delante el cojín, los cubiertos y la servilleta. Cuando sus padres se enfadan, entonces tira algo al suelo (la servilleta, un cubierto, el pan, etc.) y antes que éstos puedan levantarse para recogerlo, da un salto y ya está de nuevo en pie.

Los padres de Rocío nunca encuentran el momento oportuno para acostarla. Por tarde que sea, Rocío no quiere irse a la cama y, una vez que se le acuesta, se levanta varias veces con cualquier excusa (ha oído un ruido, quiere agua, se le ha olvidado contar a papá su último progreso escolar, etc.). Por las mañanas se despierta al amanecer y corre a la cama de sus padres para jugar.

En el colegio, su rendimiento es bueno pero su maestra se queja porque se levanta continuamente de su silla, interrumpiendo el trabajo de las compañeras más cercanas. El pretexto es siempre el mismo: sacar algún objeto (una goma, una muñeca o una golosina) de su bolsillo para cambiarlo por otro o, simplemente, mostrárselo a sus compañeras, ir a por el material para trabajar, antes que la profesora haya explicado qué hay que coger y quién lo hará, etc.

El hecho de que se levante de su pupitre enfurece a la profesora, porque Rocío no llega bien a la silla y para sentarse de nuevo necesita los dos brazos, con los que toma fuerza para dar un salto y subir hasta la silla. Una vez arrodillada en ésta apoya las nalgas y con unos cuantos balanceos consigue situarse adecuadamente para continuar su trabajo. Esta costosa operación, interrumpe de nuevo el trabajo de sus compañeras y el de su profesora. Hoy, Rocío se ha levantado y sentado tantas veces que ha terminado por pasar la tarde encerrada en un armario, como castigo.

CAROLINA, LA NIÑA QUE NO SE CONCENTRA

Uno de los problemas más importantes del niño hiperactivo es su incapacidad para mantener la atención en periodos breves de tiempo. Este es el caso de Carolina.

Carolina es una niña de siete años, morena, alta y delgada. Lleva el pelo largo y siempre revuelto, de tal forma que no se le ve la cara. Se entretiene con sus manos y sus pies, continuamente en movimiento.

En el colegio, el comportamiento de Carolina es bueno. Sin embargo, su profesora esta preocupada porque su rendimiento es muy bajo: sus cuadernos están sucios, las letras se amontonan unas sobre otras sin respetar los márgenes ni los renglones, las actividades que se realizan en clase nunca las termina, el cuaderno de los deberes para casa siempre está incompleto, la lectura en voz alta no la domina (se salta letras, palabras y, a veces, renglones) y, cuando se le pregunta en clase, nunca sabe por dónde van.

Durante el recreo, Carolina busca la compañía de niñas más pequeñas que ella para jugar. Y, en el comedor, hay que insistirle para que coma, es como si se le olvidara que tiene un plato delante.

En casa, por el contrario, Carolina es una niña charlatana y muy necesitada de cariño. Aunque tiene otros cuatro hermanos (ella es la segunda), siempre busca la compañía de su madre. Con sus hermanos se lleva bien, sólo que «de vez en cuando» se cansa de los juegos y cuando pierde se enfada. Además, siente envidia de todos en cuanto los ve con sus padres.

Los padres describen a Carolina como una niña «inquieta, desordenada, mimosa y con escasa iniciativa». La profesora, por su parte, comenta que es una niña que con frecuencia está distraída, es tímida y muy perezosa.

ANA, LA IMPULSIVA

Ana es la pequeña de siete hermanos, todos varones menos ella. Su cara angelical y sonriente le ayuda a conseguir lo que quiere de su padre y hermanos, no de su madre con la que tiene continuos enfrentamientos.

El desorden y la pereza para realizar sus deberes escolares o colaborar en las tareas domésticas (poner la mesa, comprar el pan, hacerse la cama, etc.) son los puntos más conflictivos en la convivencia diaria con su madre.

El padre y sus hermanos protestan, porque Ana les coge la ropa o cualquier cosa sin importancia para ella y luego nunca se acuerda dónde la ha puesto. Además, cuando quiere una cosa tiene que ser «ya y ahora» y si le prometes algo no deja de recordártelo, hasta que se lo das.

Esta conducta (que en casa es más o menos tolerable), es motivo de continuos enfados con sus amigas en el colegio. Ana es una niña simpática y no tiene dificultades para hacer nuevas amigas, pero sí para mantenerlas.

En clase, Ana es una niña muy charlatana por lo que se le castiga con frecuencia. Pero, lo que más irrita a su profesora es que cuando se hace alguna pregunta a toda la clase ella siempre levanta la mano, sin saber la respuesta.

Ana, por su parte, se queja de que la profesora nunca le manda leer en voz alta, escribir en la pizarra o salir de la clase para dar algún aviso. Aunque, como ella dice, es la primera en levantar la mano.

DAVID, EL NIÑO QUE NO OBEDECE

La desobediencia en un colegio está considerada como una de las faltas más graves. Hasta el extremo que David, con sólo seis años de edad, ha sido expulsado por este motivo.

David es un niño alto y muy delgado, siempre está despeinado y en movimiento. Hace primero de EGB con otros cuarenta compañeros. Su rendimiento es bueno, pero el comportamiento de David deja mucho que desear. Para que se entienda mejor contaré una anécdota: en cierta ocasión, el colegio organizó una excursión al zoo para toda la primera etapa de EGB (primero, segundo y tercero) acompañados de dos monitoras por cada grupo. A todos los niños se les advirtió que debían ir cogidos de la mano y limitarse a mirar sin saltar ninguna valla. Mientras contemplaban las peripecias de las focas por conseguir su comida, David se soltó de la mano de su compañero y se lanzó al agua con las focas. El encargado de dar de comer a las focas reaccionó inmediatamente y, sin más incidentes, le sacó del agua.

En su casa, además de ser desobediente, es muy contestón. Cuando la muchacha o los padres le ordenan hacer algo, sigue a lo suyo como si no les hubiera oído. Por eso es necesario cogerle de la mano y obligarle a hacerlo. Y, si se le reprende, siempre responde con algún insulto o palabrota.

No obstante, para sus padres el problema más grave de David es el «manejo» de la conducta temeraria. David es un niño que provoca continuamente situaciones de alto riesgo con el fin de hacerse notar, lo que excita e irrita a los padres. Así, mientras la madre habla por teléfono, se entretiene en amenazar a su hermano con la hebilla del cinturón, tirar un jarrón de porcelana al suelo o comerse el insecticida de los ratones de tal forma que, ante el peligro de un rápido accidente, la madre tiene inmediatamente que colgar el teléfono para poner orden.

David, además, tiene gran facilidad para pelearse con su hermano, sus vecinos o sus compañeros de colegio. Por esta razón, no tiene ami-

gos y las madres de sus vecinos han prohibido a sus hijos que jueguen con él. Por todo esto, hasta su hermano le evita.

OSCAR, EL NIÑO QUE SUSPENDE

Oscar estudia tercero de EGB en un colegio público y el profesor ha advertido a los padres que si no mejora en lenguaje tendrá que repetir curso.

Oscar tiene ocho años, es un niño gordito, charlatán e inquieto. Tiene otro hermano, un año menor que él, con el que se lleva bien «de vez en cuando». En casa, los padres tienen que estar continuamente pendientes de él para que no proteste. Sin embargo, Oscar cree que sus padres le conceden muy poco tiempo y que su presencia pasa inadvertida. Para hacer los deberes hay que ayudarle, porque es incapaz de sentarse a estudiar.

En los estudios, el rendimiento es bajo en todas las asignaturas, pero especialmente en «Lenguaje y Matemáticas». En lectura, Oscar no entona bien; lee demasiado rápido, saltándose algunas letras e incluso palabras y no comprende lo que ha leído. En escritura, la letra no es uniforme, no sigue las líneas marcadas en el cuaderno y comete todavía abundantes errores de ortografía. En matemáticas confunde las tablas de multiplicar, suma y resta con los dedos y siempre se olvida de las «llevadas».

Oscar asiste al colegio con «desgana» y piensa que su profesor es «demasiado severo con él». Cuando le dan «las notas» no da importancia al «necesita mejorar» y se compara con aquellos compañeros que tienen peores calificaciones que él. Oscar siempre tiene una disculpa para su bajo rendimiento.

EDUARDO, EL PATOSO

Eduardo tiene siete años y es el mayor de tres hermanos. Es un niño nervioso, inquieto, activo y torpe. Su madre comenta que nunca le ha visto andar, sólo sabe correr y continuamente está accidentado (un dedo roto, una brecha, etc.). Todavía tiene dificultades para atarse los zapatos o abrocharse los botones de su camisa.

En el colegio, Eduardo tiene dificultades para escribir porque no traza bien las letras y no se ajusta a los márgenes del cuaderno. No sabe colorear y le cuesta un gran esfuerzo cortar los dibujos con las tijeras.

En deportes, salvo correr y nadar, ninguno se le da bien y, en consecuencia, se aburre. Tiene dificultades para dar a la pelota en el tenis o para montar en bicicleta.

SUSANA Y LOS CAMBIOS DE HUMOR

Susana es una niña cuya conducta es imprevisible. Todos tenemos días buenos y días malos, pero en el caso de Susana estos cambios se acentúan mucho más. Sus padres la describen como una niña «independiente, pero con mucha necesidad de cariño, activa y pasiva, cariñosa y arisca», siempre en función del día y el momento.

En ocasiones se muestra hiperactiva y otras veces adopta una actitud totalmente pasiva. A veces incluso se muestra totalmente insensible al dolor. De hecho, un día mientras montaba en bicicleta se le ocurrió imitar «El coche fantástico» (un programa de televisión en donde el protagonista era un coche detective que volaba, se hacía invisible, etc.) y trató de saltar sobre un coche que circulaba a gran velocidad. Como era de esperar, la bicicleta no voló y Susana se rompió dos costillas con la mala fortuna de que una se le clavó en el pulmón. Estuvo hospitalizada un mes y en ningún momento se quejó de dolor, pero sí de aburrimiento.

Susana apenas tiene amigas en el colegio. Se excita con facilidad ante cualquier novedad como, por ejemplo una excursión, hasta perder el control. Cuando se enfada, también pierde el control: llora, grita y patalea como una niña más pequeña.

ÍÑIGO, SIEMPRE TIENE UNA DISCULPA

No aceptar los propios errores es una característica común en el niño hiperactivo. Y, en el caso de Íñigo, lo más llamativo.

El comportamiento de Íñigo en casa se caracteriza por su independencia y cabezonería. Va a su aire; lo que más le gusta es desmontar sus juguetes y los de sus hermanos. En cambio, le atrae menos recoger y ordenar su habitación. Cuando se le da alguna orden, simula no haberla oído y sigue a lo suyo. Este comportamiento irrita a la madre que enfadada le reprende, mientras él se ríe.

Íñigo está haciendo el primer curso de EGB con cierta dificultad para controlar los trazos de las letras. Por eso todos los días tiene que hacer en casa un poco de caligrafía. Y, este es el momento más difícil

del día para Íñigo y su madre. Desde que llega del colegio, su madre le repite ininterrumpidamente que es la hora de hacer los deberes, pero Íñigo nunca encuentra el momento, por lo que al final y a la fuerza hay que sentarlo para que trabaje. Una vez sentado, su propósito es terminar cuanto antes su hoja de caligrafía. Con este fin, Íñigo acentúa su trazo irregular y poco firme, de tal modo que la madre se ve obligada a borrarle el trabajo realizado y ¡vuelta a empezar! La mayoría de los días, termina castigado, su madre enfadada y la caligrafía sin terminar.

Cuando llega al colegio, la caligrafía se le ha olvidado en casa o no la encuentra en el desordenado pupitre. Íñigo siempre tiene una disculpa que justifique el porqué no ha terminado la hoja de caligrafía. En cierta ocasión, le dijo al profesor «que se le habían caído las letras en el autobús».

ALEJANDRA, LA NIÑA QUE NO SE GUSTA

Alejandra es una niña revoltosa que nunca está quieta. No tiene hermanos; sus padres trabajan y es su abuelo quien está al cuidado de ella.

Después del colegio, Alejandra se queda un rato en el parque jugando. Tiene cierta preferencia por estar con niños y por jugar de forma agresiva. Casi todos los días vuelve a casa llorando porque se ha peleado y le han insultado y pegado. No obstante, al día siguiente todo se ha olvidado y sigue jugando con sus vecinos.

En el colegio, también tiene cierta fama de «pegona». Hay niñas que temen acercarse a ella por este motivo y hay madres que prohiben a sus hijas estar con Alejandra por miedo a que imiten su conducta.

En clase está sentada justo enfrente de la mesa de la profesora y es la responsable de dejar las luces apagadas y la puerta cerrada. Con este encargo, la profesora ha conseguido que no salga corriendo del aula al terminar las clases. Alejandra tiene prohibido bajar al recreo si no ha terminado las actividades que se realizan en la clase y, por este motivo, lleva ya varias semanas sin pisar el patio del colegio.

En el comedor, tiene que sentarse en la mesa de las profesoras y no le dejan levantarse hasta que termine de comer. Aunque está apuntada a las clases de baile que hay después de la hora de comedor, casi nunca llega a tiempo y se queda por el patio jugando.

El bajo rendimiento, las llamadas continuas de atención por parte de su profesora y/o sus padres y el rechazo de sus compañeras hacen

que Alejandra piense de sí misma que «es tonta y mala». Sus compañeras de clase no la quieren, aunque ella hace todo lo posible por ganarse amigas.

Problemas que plantea el niño hiperactivo

CON LOS PADRES

El niño hiperactivo se muestra impulsivo, inquieto y desobediente. Es muy inestable emocionalmente y tiene un temperamento explosivo. No responde bien a la disciplina, no tolera la frustración y se olvida de lo más elemental. La dinámica familiar que el conjunto de estos rasgos genera es importante para comprender la situación de los padres y cómo pueden ayudar al niño.

Cuando un niño tiene un problema, siempre se mira a los padres como a los primeros culpables. Esto se debe a la idea muy extendida de que los padres influyen en el niño, sin considerar que también los niños influyen en sus padres.

Es cierto que hay padres y estilos educativos que no benefician el desarrollo del niño hiperactivo y que pueden llegar a crearle serios problemas. La hiperactividad es consecuencia, en algunos casos, de un ambiente familiar caótico y desestructurado. Sin embargo, no es esto lo habitual. Lo más frecuente es que el niño sea hiperactivo desde su nacimiento, a causa de un desajuste bioquímico en su sistema nervioso. El niño hiperactivo es difícil de manejar, incluso cuando está medicado; su conducta desajusta la estabilidad emocional de los padres más que cualquier otro niño.

Desde esta perspectiva, el primer problema al que han de enfrentarse los padres de un niño hiperactivo es la crítica que reciben desde fuera del medio familiar (vecinos, compañeros de trabajo, amigos). Con demasiada frecuencia tienen que oír reproches como el que sigue: «Si estuvieras con tu hijo las veinticuatro horas del día, el niño actuaría con más sentido común».

Por otra parte, los padres consideran la conducta hiperactiva de su hijo como un rechazo a su forma de actuar. Esto les lleva a autoacusarse de ineficaces y negligentes. Habitualmente, estos padres son más conscientes que otros, dado el esfuerzo que realizan por mantener un cierto control sobre el comportamiento de su hijo.

Al principio, los padres utilizan las mismas técnicas educativas que sus padres utilizaron con ellos. Es cierto que estos procedimien-

tos funcionan con la mayoría de los niños, pero no son eficaces en el caso del niño hiperactivo.

En ocasiones, los padres no suelen advertir esta forma de reaccionar del niño hasta después de transcurridos varios años.

Así, por ejemplo, cuando el niño se mete el dedo en la nariz, la primera vez los padres le explicarán que eso no se debe hacer y, en adelante, se limitarán a ignorar bajo el supuesto de que al no hacer caso de esta conducta el niño dejará de hacerla. Pero, el niño hiperactivo no responde como se espera. Si no le hacen caso persiste e incrementa sus conductas negativas hasta hacerse notar.

Es muy probable que los padres recurran, entonces, a la amenaza verbal o al castigo físico. Esto puede ser eficaz a largo plazo, pero no les resuelve el problema en el momento, ya que estos niños no aceptan bien el supuesto o real castigo. Además, el niño hiperactivo necesita más tiempo que cualquier otro para diferenciar las conductas apropiadas de las que no lo son. Y, con frecuencia, comete la misma falta una y otra vez, olvidando el castigo que mereció hace tan sólo escasos minutos.

Los padres repiten esta secuencia varias veces al día. Hasta que llega un momento que pierden la paciencia y adoptan una de las siguientes alternativas:

- Castigar severamente al niño.
- Permitirle que haga lo que quiera.
- Pasar por alto las «pequeñas cosas» y castigar sólo aquellas fechorías de cierta gravedad (salir sin permiso, jugar con cosas peligrosas, etc.).
- Continuar castigándole por cualquier infracción.

Con el transcurso del tiempo, los padres descubren que es más fácil hacer ellos ciertas obligaciones del niño que insistir para que éste cumpla con ellas o adquiera ciertos hábitos (por ejemplo, le recogen los juguetes, le visten, evitan comidas que al niño no le gustan, etc.). Es así como en el ambiente familiar acaba por tolerarse ciertas conductas que son inadecuadas.

Por otra parte, a los padres les comienza a preocupar la frecuencia de las discusiones con el niño y cómo éste se pasa la mayor parte del día castigado. Se dan cuenta que este modo de educar no es beneficioso para el niño, quien sólo recibe una información negativa sobre él mismo. Como consecuencia, los padres pueden empezar a sentirse culpables por ser demasiado «duros» y si un profesional o pariente les critica, esta culpabilidad aumenta.

Curiosamente, estos niños se muestran encantadores cuando están en presencia de otros adultos, a los que ven de tarde en tarde. Son niños simpáticos, habladores, inquietos y divertidos.

Después de semanas, meses o incluso años de ensayar nuevos procedimientos para controlar la conducta hiperactiva del niño, los padres llegan a la conclusión de que no hay ningún método educativo eficaz para enseñarle a obedecer. Lo único que le hace reaccionar es que cuando los padres pierden el control, se enfaden y les monten un «numerito».

Cuando los padres llevan varios años funcionando de esta forma, se desencadenan sentimientos hostiles hacia el niño. Esto aumenta la culpa de los padres, pues consideran que no sólo no saben educar, sino que tampoco le quieren. Hay padres que están deseando que llegue el lunes para encerrarse en la oficina y olvidarse del niño. Y madres que se horrorizan sólo con pensar en los dos meses de las vacaciones de verano.

Por último, hay que advertir que el niño hiperactivo pone en evidencia a los padres en público o les rechaza y se niega a mostrarles cualquier tipo de afecto. De esta suerte, los padres terminan comportándose con el niño de forma fría, dura y sin darle ninguna muestra de afecto.

Aunque hasta ahora hemos empleado el término «padres» para referirnos a los progenitores del niño, lo habitual es que sea la madre quien, por dedicarse más a los hijos se encuentre más directamente afectada por la conducta de su hijo. De ahí que poco a poco descuide las pequeñas conductas disruptivas y sea muy dura con las faltas más graves.

Esto hace que surjan problemas con el marido, quien la considera permisiva en algunos puntos y muy dura en otros. En ocasiones puede resultar difícil hacer ver al marido las objetivas dificultades emocionales y físicas que la madre tiene para hacerse con el niño.

Esto es comprensible porque el padre cuando llega a casa después de la jornada laboral, tiene muy poco tiempo para estar con él. De esta forma, el niño ve al padre como alguien extraordinario y por la misma novedad trata de ganarse su atención. Esto es debido, en parte, a que el niño pasa la mayor parte del tiempo con su madre y conoce lo que ésta espera de él. Pero éste no es el caso del padre. Por tanto, el niño puede escuchar con más interés al padre y obedecer con mayor facilidad a sus requerimientos. No obstante, si el padre pasara la mayor parte de su tiempo con el niño, es muy probable que experimentase las mismas dificultades que su esposa.

Al llegar el padre a casa, la conducta del niño refuerza las creencias que éste tiene de que la madre es poco eficaz e inadecuada para educar a su hijo.

La madre, por tanto, recibe un *feedback* negativo de su marido y quizás también de los profesores y de otros familiares. Esta situación no sólo no es grata sino más bien estresante. Ante esto, la madre empieza a creer que su hijo es un fracaso y que ella no está preparada para educarle. Todo esto le produce malhumor y malestar, hasta el extremo de poder llegar a desencadenarse una depresión.

Lo más habitual es que la madre, en este momento, acuda al pediatra en busca de ayuda. Pero aquí acontecen las circunstancias siguientes:

- La mayoría de los pediatras son hombres y, por tanto, no se hacen cargo de los problemas que originan en la madre la impulsividad y la falta de atención del niño.
- La mayoría de los pediatras no están especializados en el problema de la hiperactividad.
- El niño es capaz de controlar su conducta perfectamente en cortos periodos de tiempo y ante nuevas situaciones, como pueden ser los 20 ó 30 minutos que transcurren en la consulta del médico. De esta manera, el niño hiperactivo puede mostrar un patrón de conducta que es ajustado a la situación.
- La madre, por el contrario, presenta un alto nivel de ansiedad.

Todo esto da lugar a que el pediatra no detecte ningún problema físico ni emocional en el niño que impida su aprendizaje o el manejo de la conducta en casa. En cambio, sí observará una madre nerviosa, inquieta y excesivamente preocupada. Por eso, es muy probable que el pediatra concluya —al igual que el marido, el profesor y otros familiares—, que el problema es de la madre y no del niño.

Lo más frecuente es que después de esta consulta, la madre acuda a un psiquiatra que, sin duda, le ayudará personalmente, pero justo es el momento en que a causa de esa consulta muy probablemente aumente la discordia marital.

En otras ocasiones, la madre no acude al psiquiatra, sino que empieza a beber o a administrarse tranquilizantes para controlar su ansiedad. En este caso, se incrementa el caos y la hostilidad en la dinámica familiar, pudiendo llegar en ocasiones a la separación conyugal.

CON LOS HERMANOS

La frecuencia de la hiperactividad es mayor en las familias en las que alguno de los padres haya sido hiperactivo durante la infancia. Este dato hace suponer, por tanto, que en una familia con un hijo hiperactivo hay un alto grado de probabilidad de que algunos de los otros hijos también sean hiperactivos, especialmente en el caso de los varones.

Cuando el hijo hiperactivo es el pequeño de la familia su influencia se deja notar especialmente en el hermano mayor. Y es que, en estos casos, el hijo mayor se hace en cierta forma responsable de sus hermanos menores, entre los que lógicamente se encuentra el hiperactivo.

El problema fundamental al que ha de hacer frente el hermano mayor es el de la disciplina en ausencia de sus padres. Un niño no tiene la paciencia, la experiencia o la autoridad de un padre. De ahí, que surjan continuos enfrentamientos entre los dos hermanos. En estas circunstancias el hermano mayor, haciendo uso de la autoridad conferida por los padres, puede llegar a utilizar un lenguaje duro o incluso hacer uso del castigo físico con tal de conseguir que el hermano pequeño le obedezca.

Cuando los padres vuelven a casa, el niño hiperactivo acusará al hermano mayor de malos tratos. Ante esto, los padres pueden castigar al mayor por hacer un uso indebido de su autoridad y pegar a su hermano pequeño, olvidando lo difícil que es manejar a estos niños y aconsejándole que en adelante trate de ser «más paciente y comprensivo».

Por otra parte, si no hay mucha diferencia de edad y los dos van al mismo colegio, es frecuente que el hermano mayor tenga que acudir en defensa de su hermano menor. Todo esto genera en el hermano mayor estrés y ansiedad, que irán en aumento ante el constante cuidado que ha de dedicar a un niño indisciplinado, impulsivo y travieso.

Si el hermano mayor es muy responsable tiene riesgo de sufrir ciertos trastornos depresivos ante situaciones como las descritas líneas atrás. Esto viene a subrayar el estrés que el niño hiperactivo genera a su alrededor.

Cuando el hermano mayor es el hiperactivo, la situación continúa siendo difícil. Estos niños se comportan como tiranos, siendo agresivos e impulsivos con sus hermanos menores. De esta forma, no es extraño que les empujen a juegos o actividades de cierto riesgo para los más pequeños sin medir el peligro. Los hermanos menores del niño hiperactivo generan un concepto de sí mismos bajo, un estado emocional depresivo y ansioso y ciertos sentimientos de ineficacia.

Cuando el niño es hijo único y no tiene hermanos, los padres no cuentan con otro niño con el que comparar la conducta de su hijo. A esto se suma el hecho de que como las conductas del niño hiperactivo no son extrañas en la infancia, cuando los padres comentan con otros familiares o amigos los problemas que su hijo les origina, les responderán que ellos tienen los mismos problemas sin que le den más importancia.

Cuando el hijo hiperactivo es adoptado, a los sentimientos de culpabilidad e ineficacia se añaden las atribuciones erróneas de que el niño tiene «dificultades emocionales» y ellos no saben ayudarle a resolverlas.

EN EL COLEGIO

Por parte del profesorado las quejas fundamentales respecto del niño hiperactivo, consisten en que éste no es capaz de permanecer en su pupitre, molesta a sus compañeros mientras trabajan y no se concentra para seguir las explicaciones del profesor o realizar las actividades que se le proponen.

Para dar una idea de estas quejas, he aquí un ejemplo del comportamiento de una niña hiperactiva en clase, tal y como se describen en un cuento tradicional:

> «Recorrió la habitación a grandes pasos, porque tenía que pensar cómo debían llamar los criados a Adelheid. El señor Sesemann había escrito diciendo que la tenían que tratar como a su propia hija, y esta frase debía de referirse principalmente a la relación con los criados, pensó la señorita Rottenmeier.
>
> Pero no pudo reflexionar mucho tiempo sin que la molestaran, pues de pronto sonó dentro, en el cuarto de estudio, un terrible estruendo de objetos que se caían y luego una llamada de auxilio a Sebastián. La señorita Rottenmeier entró precipitadamente. El suelo estaba lleno de cosas revueltas: todo el material de estudio, libros, cuadernos, un tintero y, encima de todo, el tapete de la mesa, por debajo del cual salía un reguero negro de tinta que recorría toda la habitación. Heidi había desaparecido.
>
> —¡Ya lo ven ustedes! —exclamó la señorita Rottenmeier desesperada—. El tapete, los libros, la cesta de la labor, ¡todo empapado de tinta! ¡Esto es lo nunca visto! ¡Ha sido esa criatura desgraciada, no hay duda!
>
> El profesor estaba muy asustado mirando aquel desastre que, ciertamente, sólo tenía una interpretación, y bastante desconcertante, por cierto. Clara, por el contrario, seguía los desacostumbrados acontecimientos y sus efectos con cara de regocijo, y finalmente dijo a modo de explicación:

—Sí, lo ha hecho Heidi, pero no a propósito; no hay que castigarla. Salió tan deprisa que arrastró consigo el tapete y entonces todas las cosas se cayeron una tras otra al suelo. Pasaban muchos coches a la vez y por eso salió disparada: tal vez no haya visto nunca un coche.
—Ahí lo tiene, ¿no es como yo le he dicho, señor profesor? ¡Ni una noción elemental tiene la criatura! Ni idea de lo que es una clase, ni de que haya que escuchar y quedarse sentada.» (SPYRI, J., (1984), *Heidi*, Madrid, Anaya, págs. 91-92).

Este relato infantil nos hace ver cómo Heidi está más atenta a lo que sucede en la calle que a la explicación del profesor. Además, su impulsividad le lleva a salir corriendo provocando el destrozo del tapete, los libros y la cesta de la labor. Clara ya no sigue tampoco la explicación del profesor y éste queda desautorizado ante la conducta de Heidi. Sin embargo, sería equivocado calificar la conducta de Heidi como hiperactiva.

LA DESOBEDIENCIA

Aunque no todos, la mayoría de los niños hiperactivos presentan *problemas de disciplina en el colegio* y son considerados por sus profesores como niños «desobedientes y mal educados». Habitualmente el profesor atribuye esta conducta a una mala adaptación del niño al colegio o a los padres que no han sabido educar a su hijo.

Sin embargo, el niño hiperactivo, por sus propias características, no se atiene a las reglas de la clase y manifiesta estos mismos problemas también en casa. El niño hiperactivo no responde con la misma facilidad y prontitud que otros niños a lo que le pide su profesor: hace lo contrario o simplemente, no lo hace. En el primer caso, los profesores suelen calificarlos de niños cabezotas, negativos y desobedientes. En el segundo caso, se les describe como niños holgazanes, descuidados y desobedientes. Estas conductas persisten aun cuando se utilicen grandes premios o castigos severos. El niño «parece que no escucha cuando se le amenaza», «se burla de los castigos que se le ponen» y «no aprende de los errores anteriores».

Además, el niño hiperactivo puede ser excesivamente independiente o por el contrario demasiado dependiente del adulto. En el primer caso, hace lo que él quiere y cuando él quiere, sin importarle la opinión del profesor. En el segundo caso, el deseo de mantener el interés y la atención del profesor sobre él nunca se satisface, lo que provoca la irritación en el profesor y en el niño.

Por último, el niño hiperactivo tiene una marcada tendencia a dominar en cualquier situación. Por ello rechaza las órdenes del profesor mientras que con sus compañeros, él decide a qué jugar, cuáles son las reglas e incluso si se tiene que dejar, si el juego no se desarrolla a su gusto. Esta conducta hace que pronto se quede sin amigos y, de ahí, las quejas frecuentes del niño de «que sus compañeros no le hablan, le rechazan e incluso le pegan». Y, efectivamente, así es; pero lo que no advierte es que este rechazo ha sido suscitado por su propia conducta.

DIFICULTADES EN EL APRENDIZAJE

Por otra parte, con frecuencia se ha asociado *el fracaso escolar* a la hiperactividad. De hecho, el 40 o 50% de estos niños tienen un bajo rendimiento escolar.

Muchos padres se preguntan: si los resultados en el test de inteligencia son buenos, ¿por qué saca malas notas? El nivel de inteligencia del niño hiperactivo puede ser alto, medio o bajo, al igual que en los niños no hiperactivos. El problema del niño hiperactivo que saca «malas» notas, aunque su nivel de inteligencia sea bueno, es sobre todo la hiperactividad y no tanto el «retraso mental».

Algunos niños hiperactivos tienen *dificultades en su desarrollo intelectual y perceptivo.* Como veremos más adelante, los test de inteligencia miden el nivel de desarrollo en distintas áreas como, por ejemplo, la memoria, la comprensión de situaciones sociales, la percepción visual o el vocabulario. El niño hiperactivo tiene cierta tendencia a mostrar un desarrollo intelectual desigual. Es decir, un niño de ocho años puede mostrar una capacidad de vocabulario adecuada a su edad y, sin embargo, una capacidad para comprender situaciones sociales propia de uno de cinco años. Esta irregularidad en el desarrollo intelectual puede originar una falta de ajuste del niño respecto del colegio.

Cuanto mayor sea la irregularidad en el desarrollo de las distintas habilidades que componen la inteligencia, mayor es la dificultad de estos niños para enfrentarse a una enseñanza estandarizada. Por ello, hay casos que requieren un régimen de enseñanza individualizada.

Por otra parte, las *dificultades perceptivas* del niño hiperactivo son difíciles de definir. Algunos padres y/o profesores creen que el niño no ve u oye adecuadamente. Sin embargo, en pocas ocasiones o muy rara vez se confirman estos déficits. El niño hiperactivo no diferencia

bien entre letras y sonidos similares y tiene poca capacidad para estructurar la información que recibe a través de los distintos sentidos, de manera que conozca lo que se le enseña. Hay niños hiperactivos, por ejemplo, que con ocho años todavía no diferencian su mano derecha de su mano izquierda.

Las dificultades perceptivas de este tipo se denominan alteraciones específicas del desarrollo. No todos los niños hiperactivos tienen este tipo de alteraciones.

Las dificultades en el aprendizaje del niño hiperactivo estriban principalmente en la adquisición y el manejo de la lectura, la escritura y el cálculo. Son torpes para escribir o dibujar y tienen mala letra y errores de ortografía. En cálculo, casi siempre se olvidan de las «llevadas» en las operaciones aritméticas básicas: saben sumar y restar con los dedos, pero son incapaces de hacer estas operaciones mentalmente; aprenden las tablas de multiplicar pudiendo incluso repetirlas, pero no saben cómo aplicarlas en el caso de la división. En relación con la lectura, omiten palabras, sílabas e incluso renglones; no comprenden lo que leen y con frecuencia pueden identificar las letras, pero no saben pronunciarlas correctamente.

Manifiestan, también, dificultades para memorizar lo que aprenden y para generalizar la información adquirida.

BAJO RENDIMIENTO ESCOLAR

Pero no todos los niños hiperactivos tienen problemas específicos del desarrollo. Incluso hay algunos que sin tener asociado este tipo de problema, su rendimiento es bajo. Esto se explica por las características del niño hiperactivo. Todas sus dificultades se derivan de la falta de atención, la impulsividad y la hiperactividad. Un niño hiperactivo de ocho años con un buen nivel de inteligencia puede mostrarse en el colegio como uno de cuatro o cinco años.

Esto se explica porque para obtener un buen rendimiento, además de inteligencia, se necesitan otro tipo de habilidades que el niño hiperactivo no tiene. En primer lugar, para aprender, cualquier niño requiere un tiempo de atención-concentración, bien para entender la explicación del profesor, bien para realizar las actividades a las que remite el texto a estudiar. En segundo lugar, todo niño tiene que ser capaz de tolerar y aceptar sus propios errores, así como tratar de corregirlos. Hay que tener paciencia para emprender tareas que comportan una cierta dificultad.

El niño hiperactivo, por el contrario, se distrae fácilmente y no es capaz de mantener la atención durante breves periodos de tiempo. Por otra parte, tampoco acepta perder o fracasar y cuando una tarea le supone un poco más de esfuerzo, la abandona con el mismo entusiasmo que la emprendió.

El problema se complica aún más. El bajo rendimiento del niño hiperactivo provoca las críticas del profesor. Los profesores les insisten y animan, con frecuencia, a que terminen las tareas que comienzan y utilicen la cabeza mientras trabajan. Estos consejos suponen una crítica más, que puede afectar al concepto que de sí mismo tienen, empobreciéndolo. Y es así como el niño hiperactivo manifiesta apatía y desinterés ante el colegio. En ese caso, razona del siguiente modo: «si me esfuerzo todo lo que puedo y no lo hago bien, no merece la pena hacer este esfuerzo».

Pero, además, un niño hiperactivo en los primeros cursos escolares adquiere mal los aprendizajes básicos de lectura, escritura y cálculo. De tal modo que, aunque desaparezca la hiperactividad, ese niño necesita esforzarse más que el resto de sus compañeros para adquirir los conocimientos propios del curso, ya que no dispone ni de los conocimientos básicos ni de las habilidades requeridas para llevar a cabo tales aprendizajes.

2. ¿Cuáles son los primeros signos?

El niño hiperactivo en los tres primeros años de vida

Los antecedentes de muchos niños hiperactivos revelan complicaciones en el embarazo o en el parto. Aunque estas dificultades no son una constante en todos los niños hiperactivos, sí pueden considerarse como un factor de riesgo.

Durante el periodo neonatal y en la primera infancia, estos niños presentan dificultades para dormir y para comer, son inquietos e irritables y, en la práctica resulta imposible consolarles.

Aunque no todos, la mayoría duermen menos tiempo del habitual y se mueven como si se tratase de un motor.

En relación con las comidas, el niño hiperactivo es caprichoso y, con cierta frecuencia, tiene cólicos.

Desde los dos a los tres años de edad, las conductas disruptivas pueden ser notables.

Los padres tienen que repetir hasta diez veces las cosas antes que el niño se disponga a realizarlas. Es decir, la desobediencia es lo primero que se percibe.

Como no piensan antes de actuar, son más propensos a sufrir accidentes. En ocasiones, de cierta gravedad. Sin embargo, en la mayoría de las veces se limitan a brechas y contusiones, sin apenas importancia.

El niño hiperactivo de los 4 a los 6 años

Si el niño está escolarizado, es el momento de detectar la hiperactividad. Los profesores descubren rápidamente que la frecuencia e intensidad de la conducta hiperactiva interfiere el aprendizaje del niño, que es anómalo en comparación con el de sus compañeros no hiperactivos.

El perfil de conducta del niño hiperactivo a esta edad, según la valoración del profesor, se caracteriza por la inquietud, la impulsividad, la falta de atención, la agresividad y la desobediencia. El niño hiperactivo se levanta más veces que sus compañeros no hiperactivos del pupitre, reclama la atención del profesor continuamente y no termina las actividades que se le proponen.

Ante esto, el profesor advierte que algo ocurre. No obstante, se limitará a aconsejar a los padres que acudan a algún psicólogo en busca de ayuda.

Por otra parte, los padres describen a su hijo como un niño impulsivo, desobediente y agresivo. Con frecuencia «está como distraído» o «no parece escuchar cuando se le habla», tiene un temperamento explosivo, no sabe jugar solo, no se entretiene con nada durante más de diez minutos y las relaciones con sus compañeros no son buenas, sino que se caracterizan por peleas y discusiones continuas.

En lugares públicos, estos niños cogen «rabietas» por cualquier tontería poniendo en evidencia a los padres. Así, por ejemplo, es muy frecuente que la madre lleve al niño al supermercado con ella para hacer la compra de la semana. En estas circunstancias la conducta del niño se dispara, va de un estante a otro en busca de aquellos envases más llamativos; toca, agarra y manosea todo lo que pilla, sin percibir el riesgo de romper alguna cosa o inutilizarla (como, por ejemplo, si coge una barra de pan con las manos manchadas). Ante estos hechos, lo más frecuente es que los padres dejen de visitar el supermercado con él.

A esta edad, las técnicas del castigo tradicional no son eficaces para controlar la conducta del niño o incluso pueden llegar a ser un obstáculo. Cuando se les castiga, se enfadan y cogen rabietas. A esta edad no relacionan todavía el castigo con su mala conducta y culpan de todos sus problemas a sus hermanos y/o compañeros de juego.

Por otra parte, el comportamiento de estos niños durante el juego es muy revelador. Aparte de no saber jugar solos, lo más curioso es su forma de utilizar los juguetes. Estos niños tienden a «apartarse» con los juguetes para ellos novedosos, los manipulan de forma impulsiva

hasta dejarlos la mayoría de las veces para tirarlos al cubo de la basura. En ocasiones, no sólo no utilizan los juguetes para jugar, sino que abiertamente los destrozan.

Cuando se disponen a jugar con otros niños terminan siempre por pelearse. El niño hiperactivo no acepta perder, tampoco es capaz de seguir las reglas de un juego y su conducta es más violenta e inquisitiva que la de cualquier otro niño, por lo que suele hacer daño a sus compañeros. Este es el motivo que habitualmente lleva al niño hiperactivo a ser rechazado por sus compañeros.

Para que esta descripción sea más clara, relataré la fiesta de cumpleaños de un niño hiperactivo. Andrés cumplía cinco años y esperaba su fiesta de cumpleaños ansiosamente desde hacía unas pocas semanas. La fiesta suponía muchas novedades: se celebraría en el jardín de la urbanización, vendrían los payasos y recibiría nuevos regalos. Andrés tenía que esperar pacientemente a que llegarán sus amigos (también hiperactivos) a casa. La espera no fue posible. Andrés corría de un lado a otro de la casa, abría la puerta del portal antes que tocara el timbre del telefonillo; también era él, el que al subir abría la puerta del ascensor y sin saludar «arrebataba» su regalo. Con el regalo en sus manos corría a algún rincón de la casa, destrozaba el papel y la caja hasta ver lo que contenía, lo manoseaba unos segundos y sin volverlo a usar más, repetía esta operación de nuevo. Eso sí, los regalos eran todos suyos y ninguno de los niños invitados podía jugar con ellos.

En estas circunstancias, se decidió que lo más idóneo era esperar a los payasos en el jardín. Allí las cosas no cambiaron mucho: Andrés corría de un lado a otro, pero siempre vigilando la puerta. Llegaron los payasos, que no estaban advertidos de que la fiesta de cumpleaños era de un niño hiperactivo y se dispusieron a jugar con los doce niños. Después de algunas dificultades, los payasos lograron sentar a todos en el césped y empezaron con el juego de los «nombres»: cada niño decía su nombre y el payaso haciendo creer que no lo entendía, hacía una broma. Este juego no resultó, porque los niños hiperactivos no toleran la frustración y el ver que no se les entendía les irritaba. Una niña se levantó furiosa para pegar al payaso.

Para salvar la situación, los payasos cambiaron de juego. Repartieron entre los niños círculos, cuadrados y triángulos de distintos colores. El payaso decía en voz alta una forma y un color (por ejemplo «cuadrado rojo») y el niño que lo tuviera ganaba un caramelo. Este juego no duró más de diez minutos, todos los niños querían el caramelo y les daba igual tener la figura o no tenerla, ya que se lanzaron contra el payaso en busca de los caramelos.

Por último, los payasos propusieron un nuevo juego «la búsqueda del tesoro». Los niños debían seguir las pistas que se les daban hasta encontrar la sorpresa final. Al seguir las pistas hubo todo tipo de agresiones (empujones, tirones de pelo, mordiscos, patadas, etc.) por llegar el primero. Pero, el incidente que dio fin a la fiesta fue la sorpresa. Ya en la meta final, otro de los niños invitados al cumpleaños logró alcanzar la sorpresa antes que Andrés. Ante esto, Andrés se enzarzó en una pelea con Juan Carlos. Los dos se destrozaron la ropa y, además, Juan Carlos terminó con tres puntos en la cabeza.

Al mismo tiempo, los padres del niño hiperactivo comenzaron a culpabilizarse por no saber cómo enseñarle a respetar ciertas normas. Los padres se consideraban desconcertados e ineficaces.

El niño hiperactivo de los 7 a los 12 años

En estos años el niño hiperactivo pasa a ocupar el primer plano de su clase. De un lado, no es capaz de seguir la disciplina impuesta en el colegio. De otro, tiene más dificultades para el aprendizaje que sus compañeros.

En el colegio, los profesores no entienden el porqué de esta conducta, mientras empiezan a emerger juicios, sentimientos y actitudes negativas ante el niño y sus padres.

Para los profesores, es un «mal educado» o un «holgazán» y los padres son los responsables de ello. Piensan que los padres no saben educar a su hijo y así se lo expresan. Todo esto aumenta el sentimiento de culpabilidad e ineficacia de los padres, enrarece la relación entre el colegio y la familia e incrementa la conducta hiperactiva del niño.

En algunas ocasiones, los profesores consideran al niño hiperactivo, como inmaduro y proponen a sus padres que repita el curso. El razonamiento es lógico: al repetir un curso, cuenta con más tiempo para adquirir la madurez que le falta y se encontrará, además, en un contexto más homogéneo para él. Sin embargo, éste no es el caso del niño hiperactivo. La inmadurez, el poco tiempo de atención, la distracción y la incapacidad para concentrarse durante largos periodos de tiempo no se resuelve dejando pasar sencillamente el tiempo, ya que todo esto puede acentuarse. La hiperactividad es un trastorno de conducta que hay que tratar adecuadamente. El paso del tiempo, por sí solo, es tan ineficaz como los procedimientos hasta entonces utilizados.

A esta edad, el niño hiperactivo empieza a manifestar dificultades de aprendizaje, excepto en las dos excepciones siguientes:

- Los que trabajan con sus padres diariamente reforzando los aprendizajes básicos anteriores. En estos casos es posible que las dificultades de aprendizaje del niño hiperactivo pasen inadvertidas para los profesores.
- Los que tienen un nivel de inteligencia alto pueden superar los cursos escolares con un esfuerzo mayor que el de sus compañeros. En estos casos, los niños aprueban el curso, pero el esfuerzo que han realizado no se ve recompensado ya que las calificaciones son sólo suficientes. Por otra parte, los profesores no perciben este esfuerzo y el niño se siente cada vez menos motivado hacia el aprendizaje.

En ambas situaciones, el rendimiento del niño puede ser suficiente pero no satisfactorio.

Por otra parte, en el colegio puede tener pocos amigos. Los niños hiperactivos poco a poco se hacen solitarios pero no por elección, sino por rechazo de sus compañeros. Los compañeros les rechazan por varias razones y muy lógicas todas ellas:

- La conducta agresiva.
- El no atenerse en los juegos a ninguna regla.
- La actitud dominante que a veces adoptan.

En otras ocasiones, sin embargo, es el líder de la clase. En estas circunstancias, sus mismas fechorías son vistas como grandes hazañas a los ojos de sus compañeros.

La impulsividad, por otra parte, les lleva a 'hacerse' con lo que desean sin pensar en las consecuencias; de ahí los pequeños hurtos. El razonamiento del niño hiperactivo es que si él quiere algo está en su pleno derecho de llevárselo y ya lo devolverá. Esta conducta, por sus implicaciones éticas, acaba repercutiendo sobre sus padres. Con frecuencia, los profesores o los padres de sus compañeros piensan que los padres del niño hiperactivo no tienen valores morales y, por tanto, que por eso no se los han inculcado a su hijo.

Como consecuencia del fracaso escolar, personal y social que el niño hiperactivo vivencia a diario comienzan a manifestarse sentimientos de insatisfacción y malestar.

Estos sentimientos y vivencias les llevan a ser niños inseguros, que

manifiestan celos de otros hermanos y que acaban por forjarse un autoconcepto negativo.

No es fácil percibir tal inseguridad ni el autoconcepto negativo porque frecuentemente son fanfarrones y mienten para ganarse la aprobación de sus padres, profesores y compañeros, dándose un poco de importancia. Las mentiras son tan falsas, a veces, que alguien puede pensar que han perdido el sentido de la realidad, pero no es así.

A partir de los siete años y si al niño no se le ayuda, es fácil que empiece a presentar síntomas de depresión, consecuencia de su fracaso para adaptarse a las demandas de sus padres, del colegio y de sus compañeros.

A medida que el niño hiperactivo crece, su hiperactividad se va complicando cada vez más. Además, sus intereses van cambiando y la conducta disruptiva adquiere más trascendencia. Así, por ejemplo, una madre puede tener dificultades para que su hijo de siete años se duche, coma o cuide sus juguetes. Pero a los doce años los problemas que el hijo hiperactivo presenta son mucho más graves: quiere salir con sus amigos y nunca encuentra el momento de volver; no estudia al volver del colegio y hace novillos. Pero, además la rabieta de un niño de siete años no es lo mismo que el enfado de uno de doce años y apenas sí puede controlarse con un castigo físico o una amenaza verbal.

Adolescencia e hiperactividad

Hay que advertir que ésta es la etapa de la vida más difícil para cualquier persona. Por tanto, los problemas propios de la adolescencia (rebeldía, malestar personal, inestabilidad emocional, confusión en general, etc.) se acentúan en el adolescente hiperactivo.

La relación entre padres e hijo se hace más estresante. El adolescente hiperactivo se vuelve discutidor, desafiante e intolerable por sus caprichos.

Por otra parte, el rendimiento académico empeora y esto condiciona el que las relaciones entre el adolescente y los profesores tampoco sean buenas.

La sensación de fracaso se generaliza y la autoestima se hace cada vez más negativa. En consecuencia, el riesgo a tener depresiones aumenta en estos adolescentes. Sea por la depresión, sea por la impulsividad, lo cierto es que estos adolescentes tienen más intentos de suicidio que otros jóvenes de su edad.

En esta etapa de la vida, los padres de adolescentes hiperactivos se enfrentan con graves problemas.

El primero de ellos es el abuso del alcohol o la adicción a cualquier otra droga. El adolescente hiperactivo es más propenso que otros chicos de su edad a abusar de este tipo de sustancias, porque algunas de ellas tienen para él un efecto sedante.

Cualquiera de estas drogas actúa sobre el sistema nervioso. En el caso de la hiperactividad no tratada este efecto actúa como sigue: al ingerir una droga los niveles de los neurotransmisores cerebrales (las sustancias bioquímicas que intervienen en la trasmisión del impulso nervioso) se alteran y el adolescente se siente menos confundido, está más seguro de sí mismo y puede organizarse mejor. Este efecto agradable unido a la falta de dominio que sobre sí mismo tienen, les convierte en fáciles presas.

El segundo riesgo es el abuso de las experiencias sexuales. El adolescente hiperactivo (al igual que cualquier otro adolescente) no tiene la madurez suficiente para comprender e integrar en su vida el desarrollo sexual y el papel que la sexualidad juega en la vida de una persona. Esto se une a la impulsividad que les caracteriza, llevándoles con frecuencia a realizar el acto sexual indebidamente. De hecho, el número de adolescentes hiperactivas embarazadas es superior al de las adolescentes no hiperactivas.

Finalmente, el tercer gran riesgo está representado por los accidentes de tráfico. El adolescente hiperactivo es más propenso a sufrir accidentes de tráfico, ya que es más imprudente, busca el riesgo y no anticipa las consecuencias de sus acciones.

3. Cómo saber si mi hijo es hiperactivo

Los padres y profesores pueden saber si el niño o niña es hiperactivo o no lo es con cierta facilidad. Sus conductas no resultan extrañas y originales, sino que más bien son habituales en todos los niños de su edad, a no ser por su singularidad en la frecuencia e intensidad con que se manifiestan. Precisamente por eso la hiperactividad puede medirse fácilmente mediante escalas de evaluación como las que siguen.

Escalas de Conners

Las escalas de Conners surgieron en 1969 con el propósito de evaluar la mejoría experimentada en la conducta del niño hiperactivo, como consecuencia del tratamiento farmacológico. En la actualidad, estas escalas forman parte de la batería estandarizada del Instituto Nacional de Salud Mental de Washington.

DESCRIPCIÓN DE LAS ESCALAS

Las escalas de Conners cuentan con dos versiones (la original y la abreviada) tanto para la escala de padres como para la de profesores. Unas y otras contienen diez preguntas que se agrupan dando lugar al «Indice de hiperactividad», por ser precisamente uno de los que mejor describen la conducta del niño hiperactivo.

La escala de Conners para padres contiene noventa y tres preguntas, reagrupadas en ocho factores, que son los siguientes: Alteraciones de Conducta, Miedo, Ansiedad, Inquietud-Impulsividad, Inmadurez-

Problemas de Aprendizaje, Problemas Psicosomáticos, Obsesión, Conductas Antisociales e Hiperactividad.

La escala de Conners para profesores es mucho más breve y está compuesta de treinta y nueve preguntas, repartidas en seis factores: Hiperactividad, Problemas de Conducta, Labilidad Emocional, Ansiedad-Pasividad, Conducta Antisocial y Dificultades en el sueño.

En ambas escalas puede establecerse cuál es el *índice de hiperactividad.*

Con el tiempo, el propio Conners modificó y abrevió estas dos escalas, las cuales a pesar de tener menos preguntas, son iguales en lo esencial a las escalas originales.

Las cuarenta y ocho preguntas de la escala de padres se reparten en cinco factores: Problemas de Conducta, Problemas de Aprendizaje, Problemas Psicosomáticos, Impulsividad-Hiperactividad y Ansiedad.

Las veintiocho preguntas de la escala de profesores se dividen en tres factores: Problemas de Conducta, Hiperactividad y Falta de Atención-Pasividad.

APLICACIÓN

Cada pregunta describe una conducta característica de estos niños, que los padres o los profesores deberán valorar, de acuerdo con la intensidad con que se presenten. Para responder se proponen cuatro opciones: Nada-Poco-Bastante-Mucho, que se puntúan de 0 a 3 (Nada = 0, Poco = 1, Bastante = 2 y Mucho = 3), salvo para la escala original de padres que la puntuación es de 1 a 4 (Nada = 1, Poco = 2, Bastante = 3 y Mucho = 4), (véase cuadro 2).

CORRECCIÓN

Para valorar los datos, hay que sumar las puntuaciones obtenidas en el índice de hiperactividad de la escala.

En la escala de padres los niños que obtienen una puntuación de 15 o superior requieren un estudio en profundidad porque posiblemente sean hiperactivos. Para las niñas, la puntuación es de 13 o superior.

En la escala de profesores, una puntuación de 17 para los niños y de 13 para las niñas hace sospechar la existencia de una posible hiperactividad.

Cuadro 2. ÍNDICE DE HIPERACTIVIDAD PARA PADRES Y PROFESORES DE CONNERS

Es inquieto, no para de moverse	Nada	Poco	Bastante	Mucho
Es excitable, impulsivo	Nada	Poco	Bastante	Mucho
Molesta a los otros niños	Nada	Poco	Bastante	Mucho
Tiene dificultades para acabar lo que ha comenzado y le cuesta centrar la atención	Nada	Poco	Bastante	Mucho
Se pone nervioso con facilidad	Nada	Poco	Bastante	Mucho
Se distrae con facilidad	Nada	Poco	Bastante	Mucho
Deben satisfacerse sus demandas de inmediato, abandona fácilmente	Nada	Poco	Bastante	Mucho
Grita con frecuencia	Nada	Poco	Bastante	Mucho
Tiene cambios de humor rápidos y frecuentes	Nada	Poco	Bastante	Mucho
Tiene estallidos de cólera y su conducta es explosiva e imprevisible	Nada	Poco	Bastante	Mucho

Por favor, indique para cada pregunta el grado en que se corresponde con la conducta del niño (columna de la derecha).

4. ¿Qué hacer cuando los padres sospechan que su hijo es hiperactivo?

¿A quién acudir?

Si usted sospecha que su hijo es un niño hiperactivo debe acudir a un médico (psiquiatra infantil, pediatra o neurólogo) y a un psicopedagogo.

Al médico le compete establecer el diagnóstico y, cuando sea oportuno, el tratamiento farmacológico así como la orientación sobre qué pautas psicoterapeúticas y de conducta deben seguirse. El psicopedagogo, por su parte, aplicará las pruebas pertinentes a fin de valorar el desarrollo intelectual, afectivo y social del niño y establecerá qué tipo de intervención educativa es la más adecuada para superar los déficits que presenta en su propio contexto (familiar, escolar y social).

Conviene, por tanto, acudir a un equipo de profesionales que trabajen conjuntamente, ya que la eficacia del tratamiento dependerá, en gran parte, de la coordinación entre el médico, el psicopedagogo, los padres y el maestro.

¿Cuándo acudir?

Hay trastornos, como por ejemplo el mongolismo o síndrome de Down, que ya durante el embarazo pueden detectarse. No obstante, en el caso de la hiperactividad no ocurre así. Hasta los tres años de edad no se puede establecer el diagnóstico en el niño hiperactivo. Antes de esta edad podemos tener sospechas, pero el diagnóstico reali-

zado sería muy poco preciso y, por tanto, dudoso. En primer lugar, porque la capacidad perceptiva y de atención está empezando a desarrollarse y, por consiguiente, es muy difícil diferenciar entre un simple retraso en el desarrollo o una patología. Y, en segundo término, porque el niño se encuentra en un periodo evolutivo de exploración y manipulación, en el que el exceso de actividad motora es una conducta propia de esta edad.

Para los tres años disponemos de diversas pruebas en el mercado que nos pueden dar un índice objetivo acerca de si el niño padece o no de hiperactividad.

La edad crítica, sin embargo, son los cinco o seis años. A esta edad se le exige un comportamiento disciplinado en el colegio y el niño hiperactivo no siempre es capaz de ajustar su conducta a las reglas de la clase. Para el niño hiperactivo, por ejemplo, es muy difícil estarse quieto y sentado en su pupitre durante una hora. Por otra parte, a esta edad se inicia el aprendizaje de la lectura y de la escritura, y, aunque no siempre, presenta ciertas dificultades como consecuencia de los problemas perceptivos y de atención que le caracterizan.

A partir de esta edad, si hay alguna sospecha de que su hijo es un niño hiperactivo, conviene que se le diagnostique cuanto antes. De esta forma, evitaremos problemas que aunque no son propios de la hiperactividad (fracaso escolar, rechazo social, etc.), sí suelen acompañarla.

El diagnóstico

El diagnóstico es, por varias razones, una tarea compleja y difícil.

En primer lugar, no es el niño el que solicita la ayuda del profesional, sino los adultos que conviven con él, quienes proporcionan la información necesaria para proceder a la valoración de las dificultades y establecer así su diagnóstico. Esta información nos la van a dar, lógicamente, desde su propia perspectiva y, a veces, tergiversando la realidad. Para un padre muy nervioso e inquieto, por ejemplo, la hiperactividad de su hijo puede parecerle normal.

A veces ocurre que la identificación del problema por el adulto no coincide con los sentimientos que el niño tiene hacia ese supuesto problema. En este sentido, el médico deberá determinar si este problema es del niño o del adulto que solicita la ayuda para el niño.

Para superar estas dificultades, el diagnóstico del niño hiperactivo obliga a una valoración rigurosa de los distintos contextos (colegio,

hogar, etc.) y por los diversos responsables (padres, profesores, etc.) que conviven con él, encareciendo económica y temporalmente sus costes.

En segundo lugar, el niño hiperactivo es capaz de ajustar y controlar su conducta ante una situación nueva y/o cuando recibe un trato individualizado. De ahí que la hiperactividad pueda pasar inadvertida. Por este motivo, uno de los factores de los que depende el diagnóstico de hiperactividad es la *experiencia* que el profesional tenga respecto de este tipo de niños.

Por último, el diagnóstico del niño hiperactivo no cuenta con pruebas o técnicas que confirmen de una manera precisa y evidente el trastorno como cuando, por ejemplo, se hace un análisis de sangre. La presencia o no de hiperactividad no puede establecerse a través de un test de inteligencia, una cartografía cerebral o una nueva entrevista con los padres. Aunque estas pruebas son necesarias, no son suficientes.

A pesar de éstas y otras dificultades, es posible hacer el diagnóstico de hiperactividad. A continuación se presentan los instrumentos y las sucesivas fases que se siguen para el diagnóstico.

ENTREVISTA CLÍNICA

En esta primera entrevista, se les pide información a los padres sobre el desarrollo y la conducta del niño. Esta información nos permite descubrir algunas de las posibles causas de la hiperactividad.

Es preciso evaluar los siguientes aspectos: embarazo, parto, desarrollo neuromotriz, enfermedades padecidas, escolaridad y la esfera afectivo-comportamental.

- **Embarazo.** Convendrá informar acerca de su duración y de posibles incidencias como intoxicación de la madre, hemorragias, etc. Es importante señalar si antes de él se ha utilizado o no algún método anticonceptivo.
- **Parto.** Empleo de fórceps o ventosa o realización de cesárea, características del niño después del parto, etc.
- **Desarrollo neuromotriz.** Se valorarán las posibles desviaciones cronológicas en el desarrollo psicomotor y del lenguaje (véase cuadro 3).

Cuadro 3. DESARROLLO NEUROMOTRIZ INFANTIL

Pautas de desarrollo neuromotriz	*Edad de aparición*
Mantiene erguida la cabeza en posición vertical	3 meses
Emisión de sonidos sin significación	3 meses
Discrimina la entonación de voces conocidas	4 meses
Comprende los gestos	6 meses
Primera palabra	6 meses
Dominio de la posición de sentado, sin perder la verticalidad	8 meses
Inicia la comprensión de las palabras	10 meses
Se mantiene de pie sin apoyo	12 meses
Marcha autónoma	12-14 meses
Comprende las órdenes sencillas	18 meses
Puede correr	18-22 meses
Hace frases de tres palabras	22 meses

• **Enfermedades padecidas durante los primeros años de vida.** Hay enfermedades y tratamientos farmacológicos que pueden dejar secuelas neurológicas o afectar a funciones cognitivas como la atención y la memoria. Especificar también si el niño sufrió algún accidente y sus posibles secuelas.

• **Presencia de parientes con una conducta similar o algún trastorno psíquico.**

• **Escolaridad.** Edad en que el niño inició su asistencia a la guardería o al centro de preescolar, adaptación al centro, cambios de centro y motivos para ello, rendimiento escolar en cada una de las materias y comportamiento en el colegio.

Para dar una idea del comportamiento escolar del niño hiperactivo, reseñamos a continuación los principales rasgos de conducta que caracterizan a un niño o niña hiperactivo (véase cuadro 4).

Cuadro 4. **SÍNTOMAS COMPORTAMENTALES DE LA HIPERACTIVIDAD INFANTIL**

Atención. Está en las nubes, ensimismado
Se distrae fácilmente, escasa atención
No termina las tareas que empieza
Corta duración de la atención
Es distraído
No presta atención a lo que le dicen los demás

Impulsividad. Es impulsivo e irritable
Sus esfuerzos se frustran fácilmente
Exige inmediata satisfacción de sus demandas
Impulsivo
Responde sin reflexionar

Hiperactividad. Tiene excesiva inquietud motora
Intranquilo, siempre en movimiento
Emite sonidos de calidad y en situaciones inapropiadas
Se retuerce sobre sí mismo
Hiperactivo
Inquieto, no es capaz de estar sentado
Tenso, incapaz de relajarse

Obediencia. Acepta mal las indicaciones del profesor
Le molesta seguir las directrices
Rechaza las órdenes, no quiere reconocerlas
Impertinente, murmurador
Es negativo

Habilidades sociales. Molesta frecuentemente a otros niños
Discute y pelea por cualquier cosa
No es aceptado en el grupo
Tiene dificultades para las actividades cooperativas
No se lleva bien con la mayoría de los compañeros
Carece de aptitudes para el liderazgo
No tiene sentido de las reglas del «juego limpio»
Su conducta molesta a los que conviven con él
Es peleón
Persistente e inoportuno
Intenta dominar a los demás
Destroza sus propias cosas y las de otros

Aprendizaje. Tiene dificultades en el aprendizaje escolar
Evita emprender nuevas tareas por temor a fracasar
Holgazán, lento

Afectividad. Niega sus errores o culpa a los demás
Cambia bruscamente sus estados de ánimo
Tiene explosiones impredecibles de mal genio
Se comporta con arrogancia
Tiene aspecto enfadado
Exige del profesor excesivas atenciones
Su conducta es inmadura para su edad
Muestra muy poco interés por las cosas que le atañen
Es susceptible
Busca continuamente cómo llamar la atención
Es irresponsable
Necesita atención y ayuda continua
Rabietas, berrinches y mal humor
Carece de confianza en sí mismo
Se siente inferior a los demás
Fanfarronerías y ostentaciones

A veces, puede resultar interesante preguntar al grupo de compañeros del niño hiperactivo. Para ello, contamos con la escala de Glow y Glow.

La «escala para los Compañeros y para Sí Mismo» de Glow y Glow, publicada en 1980, consta de cincuenta preguntas, seis de las cuales hacen referencia al exceso de actividad motora, inquietud, impulsividad y falta de atención (véase cuadro 5).

Cuadro 5. **ESCALA PARA LOS COMPAÑEROS Y PARA SÍ MISMO, DE GLOW Y GLOW, 1980**

1. ¿Quién manosea más las cosas?
2. ¿Quién es mal educado con el profesor?
3. ¿Quién no es capaz de permanecer quieto o sentado?
4. ¿Quién molesta a los demás mientras trabajan?
5. ¿Quién pierde el tiempo en tonterías y provoca problemas?
6. ¿Quién no presta atención al profesor?

Todas las preguntas están formuladas con interrogantes y el niño responde a cada pregunta con uno o más de los nombres de aquellos compañeros de clase —puede ser él mismo— que actúan o se muestran como un niño hiperactivo.

Las cincuenta preguntas se agrupan en seis factores, pudiendo calificar al niño según alguna de las siguientes categorías: tímido, inconsiderado, hiperactivo, eficaz, popular y desafiante.

• **Esfera afectivo-comportamental.** Se pide información acerca de los trastornos neurovegetativos y las alteraciones del sueño; la autonomía en hábitos de aseo personal, hábitos alimentarios y control de esfínteres; sociabilidad del niño en casa y en el colegio y descripción de los principales rasgos de su conducta.

Las preguntas clave, ante los indicios de una posible hiperactividad, son las del cuadro 6.

Cuadro 6. **PREGUNTAS CLAVE QUE CONVIENE HACERSE PARA DETECTAR LA HIPERACTIVIDAD**

- ¿Es capaz de escuchar un cuento quieto y tranquilo?
- ¿Interrumpe la comida sin ningún motivo?
- ¿Cambia de juguete constantemente?
- ¿Se muestra inquieto y toca todo durante las compras?
- ¿Habla en el colegio con sus compañeros cuando no debe?
- ¿Se levanta de su pupitre sin motivo?
- ¿Molesta a sus compañeros mientras trabajan?
- ¿Termina las actividades que se le mandan?

Un caso aparte es el de los *niños adoptados.* Cuando esto sucede se recoge toda la información que sea posible acerca de los padres naturales y los motivos para la adopción. Hay que especificar además la edad del niño en el momento de su adopción y las circunstancias en las que ésta transcurrió.

OBSERVACIÓN DE LA CONDUCTA DEL NIÑO

Además de la información que nos ofrecen los padres o los adultos que conviven con el niño, es preciso que también el especialista observe su conducta.

La observación puede realizarse en el contexto natural del niño (en casa, en el colegio, etc.) o en la propia consulta donde se está realizando la evaluación.

- El *Código de Observación sobre la Interacción Madre-Hijo* de Susan Campbell, publicado en 1986, es una buena ayuda. Con este código se analiza el estilo de comunicación entre madre e hijo: el tono y la adecuación de la directividad de la madre, el tono afectivo en el que se desenvuelven madre e hijo y el grado de conflicto que hay entre ambos.
  Este código se utiliza con niños de 2 y 3 años de edad en una situación de juego.
- El *Código de Observación en el Aula* de Abikoff y Gittelman, publicado en 1980, es una buena ayuda para evaluar la conducta del niño en el colegio.

EVALUACIÓN INDIVIDUALIZADA DEL NIÑO-A HIPERACTIVO

Finalmente, para verificar el diagnóstico de hiperactividad es necesario aplicar algunas pruebas específicas al niño. Con estas pruebas se aporta información acerca del desarrollo intelectual, estilos cognitivos, presencia o ausencia de síntomas neurológicos menores, impulsividad, desarrollo perceptivo, coordinación motora, capacidad de atención y nivel de actividad motora.

• **Nivel de inteligencia.** El test que con más frecuencia se utiliza es la «Escala de Inteligencia para niños de Wechsler» (revisada). Esta escala se compone de doce pruebas, distribuidas en dos grupos: el verbal y el manipulativo.

• **Estilos cognitivos.** Los estilos cognitivos son las distintas formas que tenemos los seres humanos de enfrentarnos al aprendizaje. Los estilos cognitivos estudiados son la «reflexión» frente a la «impulsividad», la «dependencia» frente a la «independencia del campo» y la «flexibilidad» o «rigidez» en el control de la atención.

En primer lugar, la impulsividad frente a la reflexividad queda

patente cuando se ha de elegir una entre varias alternativas. El instrumento cuyo uso es más frecuente para su evaluación es el conocido «Test de Emparejamiento de Figuras Familiares», adaptado por Cairns y Cammock en 1978.

Un segundo estilo cognitivo que ha sido relacionado con la hiperactividad, es la dimensión «Dependencia-Indepencia del campo». En el estilo «dependiente del campo», el modo de percibir un estímulo está influenciado por toda la organización del campo circundante y los componentes de ese contexto son percibidos como algo difuso. En el modo de percibir «independiente del campo», se perciben las partes del campo como componentes discretos, dentro de un contexto organizado. De forma metafórica podríamos decir que el niño «dependendiente del campo» sería aquel que vería el bosque y no los árboles, mientras que el niño «independiente del campo» ve los árboles y no el bosque.

El test utilizado para valorar este estilo cognitivo es el «Test de Figuras Enmascaradas para niños», elaborado por Karp y Konstadt en 1963.

Finalmente, el tercer estilo cognitivo relacionado con la hiperactividad es el de la «flexibilidad» o «rigidez» y está más relacionado con el control de la atención, es decir con la capacidad que el niño tiene para controlar los estímulos sin importancia y omitir las respuestas incorrectas.

Como medida se ha utilizado el «Test de Distracción del Color», elaborado por Santostefano y Paley en 1964.

• **Integración visomotriz.** El *Test Guestáltico* de Bender es un test de integración viso-motriz y consiste en nueve tarjetas con dibujos abstractos. A los niños a los que se les pasa el test se les pide que copien los dibujos, uno cada vez, con un lápiz en una única hoja de papel en blanco.

Una buena percepción visomotriz y un buen resultado en el Test de Bender presuponen que el niño posee una relativa madurez o que es adecuada su percepción visual. En lo que concierne a la coordinación motriz se da una situación similar. Solamente un niño con una buena coordinación de la motricidad fina puede realizar la copia de los dibujos de forma perfecta en el Test de Bender. Los niños con una pobre coordinación de la motricidad fina tendrán dificultades para dibujar sin imperfecciones las figuras del test de Bender.

Esta prueba es especialmente importante para aquellos niños que presenten dificultades en el área concreta de lecto escritura.

• **Signos neurológicos menores.** Aunque no todos, muchos de los niños hiperactivos presentan signos neurológicos menores. Por eso,

conviene que realicen el *Test Discriminativo Neurológico Rápido,* de Sterling y Spalding. Este test cuenta con las tareas que aparecen en el cuadro 7.

Cuadro 7. TAREAS DEL TEST DISCRIMINATIVO NEUROLÓGICO RÁPIDO

- Habilidad manual
- Reconocimiento y reproducción de figuras
- Movimientos manuales rápidos
- Reconocimiento de formas en la palma de la mano
- Llevar el dedo a la nariz con los ojos cerrados
- Hacer círculos con los dedos
- Estimulación doble y simultánea del dorso de la mano y de la mejilla
- Movimientos oculares
- Repetición de patrones de sonido
- Extensión de brazos y piernas
- Andar con un pie detrás de otro, hacia delante y hacia atrás
- Estar de pie y saltar
- Discriminación derecha/izquierda
- Alteraciones de comportamiento durante la prueba

- **Exploración neurofisiológica.** En la actualidad se ha comenzado a utilizar la *cartografía cerebral,* ésta es una técnica de neuroimagen funcional que permite conocer el grado de activación eléctrica de la corteza cerebral mediante su representación en mapas cromáticos (en los que aparecen las diferentes áreas y zonas del cerebro coloreadas de forma diversa, dependiendo de cuál sea su funcionamiento). Esto ha supuesto una gran innovación para la valoración del funcionamiento e integración del sistema nervioso (véase ilustración 1).

- **Déficit de atención.** Las pruebas diseñadas para valorar el déficit de atención son diversas y cada una enfatiza un punto distinto de la capacidad de atención.

Los procedimientos de evaluación más comunes son los anotados en el cuadro 8.

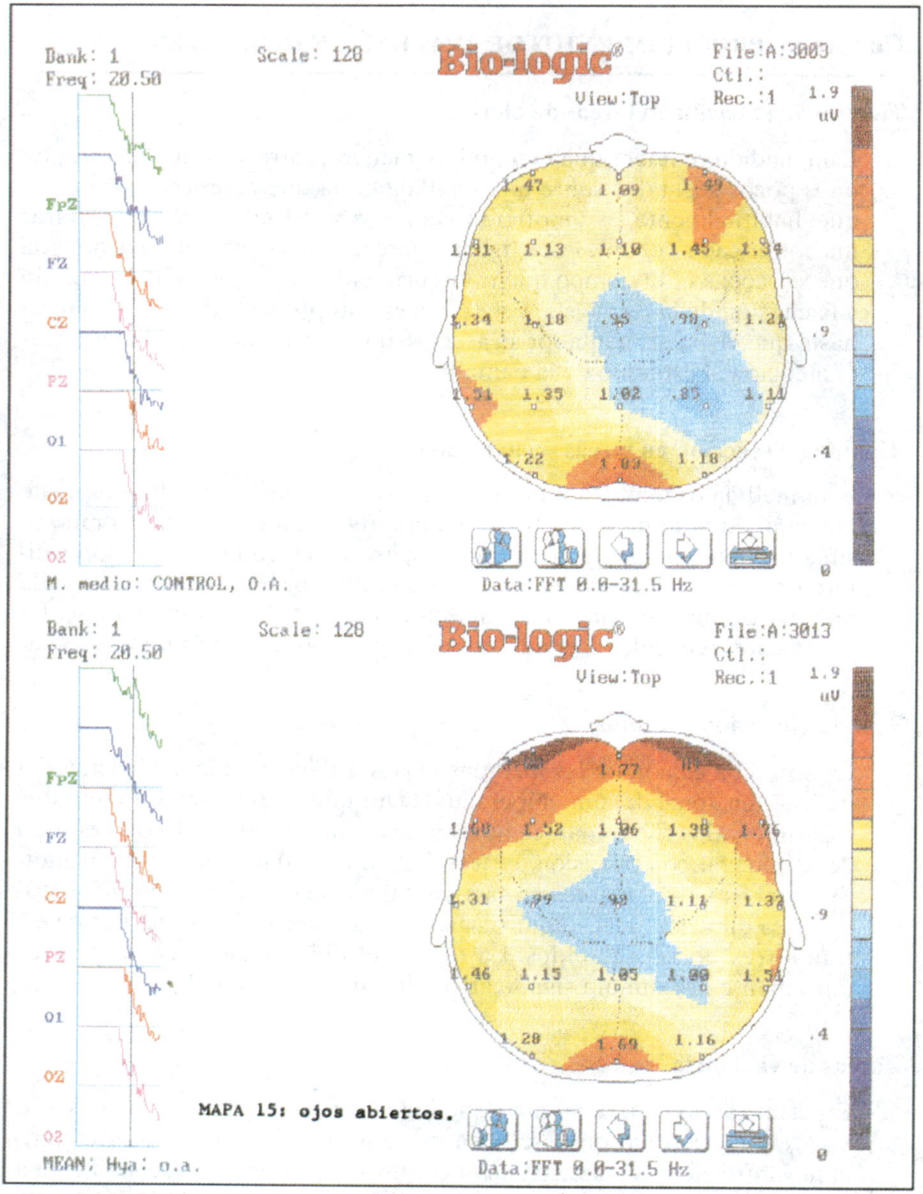

Ilustración 1. CARTOGRAFÍA CEREBRAL DURANTE EL MANTENIMIENTO DE LA ATENCIÓN EN UNA TAREA SIMPLE

Arriba: niño no hiperactivo. *Abajo:* niño hiperactivo. Se objetiva una mayor actividad frontal en el niño hiperactivo para realizar la misma tarea que el niño control

Cuadro 8. PROCEDIMIENTOS DE EVALUACIÓN DE LA ATENCIÓN

Tiempo de reacción en tareas de elección

Esta medida requiere que el niño hiperactivo centre su atención durante unos pocos segundos sobre una pantalla en la que aparece un estímulo que, habitualmente, es una figura geométrica. El niño tiene que pulsar un botón cada vez que esta figura aparezca en la pantalla. La medida que se recoge es el tiempo que transcurre entre la aparición del estímulo y la emisión de la respuesta. Esta tarea es autoprogramable y no se inicia hasta que el experimentador se asegure que, efectivamente, el niño presta atención al estímulo de la pantalla .

Tiempo de reacción en tareas secuenciales

Esta medida es también autoprogramable y requiere que el niño preste atención durante un intervalo de tiempo relativamente largo. El niño se sitúa frente a una pantalla en donde aparecen cinco luces de colores diferentes, cada una con su respectivo botón. Tan pronto como se encienda una de las luces, el niño tiene que pulsar el botón correspondiente. La puntuación recogida es el número de respuestas correctas e incorrectas.

Test de ejecución continua

Esta prueba es una de las medidas más sensibles para la evaluación del déficit atencional del niño hiperactivo. Durante un tiempo de 15 minutos y en intervalos fijos, aparece automáticamente un estímulo que el niño debe detectar con precisión. El test tiene dos modalidades, visual y auditiva, y el estímulo aparece en una pantalla o se escucha en un magnetófono. La duración del estímulo es de 0,2 segundos y el intervalo entre estímulos es de 1,5 segundos. La tarea del niño consiste en responder únicamente al estímulo significativo, discriminando sonidos o imágenes.

Tareas de vigilancia

En estas tareas se pide al niño que detecte señales poco frecuentes a lo largo de un periodo que oscila en torno a los treinta minutos. Los estímulos infrecuentes aparecen en el contexto de estímulos que se suceden regularmente.

• **Nivel de actividad motora.** Aquí las medidas más utilizadas son: el «registro de actividad» que es similar al «podómetro» (un instrumento mecánico que a través de los cambios que se producen en un mecanismo contabiliza los pasos que el niño da) y que se sitúa a la espalda del niño. El «actómetro» es un reloj de pulsera que también mide el movimiento. Por último, el «cojín estabilimetro» es una almohadilla asiento que contiene una aguja para medir el movimiento del niño, mientras está sentado en la silla.

5. ¿Por qué es mi hijo hiperactivo?

Algunos datos

Estudios recientes indican que entre los familiares del niño hiperactivo son más frecuentes los alcohólicos, depresivos y los que cuentan con un largo historial de infracciones legales.

Según parece, los hermanos del niño hiperactivo tienen más riesgo que otros niños de manifestar problemas similares de conducta y/o aprendizaje.

Estos datos podrían hacernos pensar que la hiperactividad se produce por un ambiente que es estresante para el niño (como el que podría ser originado por el alcoholismo de uno de los padres, por ejemplo), o bien que la hiperactividad es un trastorno hereditario.

Sin embargo, ni una ni otra hipótesis han podido confirmarse. Si fuese el ambiente familiar el agente causante de la hiperactividad, ésta remitiría al cambiar al niño de ambiente. Y esto no es así.

En relación con la hipótesis genética es cierto que los familiares del niño hiperactivo presentan, por lo general, más problemas de índole psicopatológica. Pero se desconoce cómo se transmite este trastorno.

La información sobre el porqué de la hiperactividad infantil es escasa. Lo único cierto es que la hiperactividad implica rasgos temperamentales que se manifiestan en un grado extremo y que su incidencia es mayor en familias en las que algún miembro fue también hiperactivo durante la infancia.

LA HIPERACTIVIDAD NO ES UNA LESIÓN CEREBRAL

Es importante advertir que el niño hiperactivo no tiene una «lesión cerebral». Durante algunos años se consideró que la hiperactividad era consecuencia de una «lesión cerebral». Incluso todavía hoy se habla de la «disfunción cerebral mínima». Estos términos son inexactos e imprecisos. El niño hiperactivo no tiene ninguna lesión orgánica demostrable. Por tanto, términos como éstos no debieran utilizarse, ya que muchos padres interpretan equivocadamente que sus hijos tienen un «mal irreversible» en su sistema nervioso.

TEMPERAMENTO E HIPERACTIVIDAD

Ciertos datos aportados por recientes investigaciones permiten sostener que el problema del niño hiperactivo es un problema de temperamento. Es un hecho que en el recién nacido hiperactivo se observan rasgos temperamentales diferentes al de otros niños.

Los bebés hiperactivos tienen dificultades para dormir y problemas para comer, son más llorones e irritables y presentan cólicos con mayor frecuencia. A lo que parece, estas conductas se derivan de sus rasgos temperamentales. Es posible que el origen de estas diferencias temperamentales venga condicionado por los niveles bioquímicos del sistema nervioso.

El cerebro tiene millones de células nerviosas, llamadas neuronas que constituyen una compleja red de comunicación. Imagínese una red telefónica, en lo que las conexiones son eléctricas y la electricidad pasa de una línea a otra por contacto físico. En el cerebro sucede lo mismo, pero las conexiones se realizan a través de sustancias químicas. Una neurona desprende una pequeña cantidad de substancia química que recoge otra neurona, a la vez que se excita y envía el mensaje a la siguiente. A estas substancias químicas se les llama neurotransmisores.

Cuando algún neurotransmisor, en particular, es insuficiente, la neurona no se excita y por tanto no recibe el mensaje, dada la insuficiente cantidad recibida de este neurotransmisor. En el caso contrario, esto es cuando un neurotransmisor se da en exceso, puede llegar a excitar varias neuronas indebidamente.

Los neurotransmisores que funcionan en el sistema nervioso son muy variados y cada uno opera en una zona muy localizada. De ahí que cuando un neurotransmisor no está bien equilibrado, la zona del sistema nervioso regulada por él no funciona adecuadamente.

No se conocen con exactitud cuáles son las causas de estas diferencias bioquímicas en el sistema nervioso. Pero, hoy se sabe con certeza que hay dos hechos que influyen en la aparición de la conducta hiperactiva:

- **Las anormalidades prenatales.** El tamaño del niño al nacer, la prematuridad o el hecho de que su madre haya ingerido cierto tipo de píldoras anticonceptivas antes del embarazo, parecen tener una estrecha relación con la conducta hiperactiva.
- **Las diferencias genéticas.** Hay ciertos rasgos como el color del pelo, la altura o algunas formas de deficiencia mental que están relacionadas con la mayor o menor producción de substancias químicas en el organismo. Además, el metabolismo de estas substancias químicas está determinado por genes específicos. Por tanto, ciertos genes (hoy desconocidos) podrían estar controlando la producción de neurotransmisores.

Los datos de las últimas investigaciones apuntan que los niños hiperactivos no tienen ningún defecto en las neuronas, sino en los neurotransmisores. En concreto, parece que neurotransmisores como las «catecolaminas», por ser los más implicados en regular la capacidad de atención, bien por exceso y bien por déficit, no están bien equilibrados.

Este desequilibrio sería el agente responsable de las dificultades que el niño hiperactivo tiene para centrar su atención y mantenerla durante un cierto tiempo, así como de la falta de autocontrol y ajuste de su conducta a las demandas del medio.

Este mismo desequilibrio seria responsable también de los cambios repentinos y bruscos en su estado de ánimo, importante característica del niño hiperactivo.

Estos neurotransmisores actúan en la zona prefrontal de la corteza cerebral, una zona que juega una importante función en la planificación y regulación de la conducta compleja y no automática. De hecho, es lo que permite al hombre anticipar sus acciones y adaptarse a las demandas del entorno.

Esto ha sido confirmado en distintos estudios, en los que se observa cómo en los adultos que han sufrido alguna lesión en esta zona de la corteza cerebral aparecen unas pautas de conducta muy similares a la hiperactiva: dificultades para concentrarse, distracciones, no seguimiento de las reglas e impulsividad.

Aunque parece ser ésta la hipótesis que en la actualidad más se

ajusta a la realidad de estos niños, de momento es sólo una de las posibles explicaciones.

ALERGIA E HIPERACTIVIDAD

La hiperactividad también ha sido explicada como una reacción alérgica a cierto tipo de alimentos, como el azúcar y los condimentos en general.

Es evidente que el azúcar crea más agitación en estos niños. Sin embargo, un régimen de alimentación sin condimentos ni azúcar no corrige la hiperactividad. Durante algún tiempo se pensó que la exposición al plomo podía ser la causa de la hiperactividad. Sin embargo, esto no ha podido ser confirmado.

EDUCACIÓN E HIPERACTIVIDAD

Finalmente, un ambiente familiar caótico y estresante podría ser también causa de la hiperactividad.

En este sentido, hay que advertir que un ambiente familiar estresante y desestructurado puede acentuar la hiperactividad del niño, pero no generarla. De hecho, cuando a estos niños se les pone en un medio organizado y estructurado mejoran, pero siguen siendo hiperactivos.

En esta misma línea, se ha considerado a la hiperactividad como una consecuencia del mal ajuste escolar. Esto podría suceder en el caso de un adolescente, pero entonces ¿por qué no se detectó antes?

Finalmente, en el caso de los niños adoptados es comprensible que se atribuya la hiperactividad a la separación de sus padres naturales. No obstante, si la adaptación a la nueva familia es buena y el ambiente que se le ofrece es estable, esta explicación no resulta satisfactoria.

¿Existen soluciones?

En la actualidad, la conducta del niño hiperactivo puede ser controlada, aunque no siempre remite el trastorno. La exposición de estas soluciones puede encontrarse en el capítulo 8.

Como se ha expuesto con anterioridad, las familias donde ya hay un niño hiperactivo tienen efectivamente, un riesgo mayor de tener más hijos con este mismo problema. Pero esto es sólo un riesgo.

El futuro del niño hiperactivo es imprevisible. Se sabe que en un 25% de los niños diagnosticados como hiperactivos esta conducta desaparece por completo al llegar a la adolescencia.

El 50% de los casos, sin embargo, continúan presentando dificultades de atención y se muestran impulsivos durante su vida adulta. Estos adultos hiperactivos tienen cierto riesgo de sufrir depresiones, parcialmente causadas por los fracasos que esta conducta les proporciona.

Finalmente, hay un tercer grupo de hiperactivos, así diagnosticados en la infancia, en los que no sólo persisten las conductas específicas de hiperactividad, sino que éstas se asocian a conductas antisociales. Este grupo es el de peor pronóstico. Se sabe que con frecuencia infringen la ley, abusan del alcohol u otras drogas y son incapaces de alcanzar una estabilidad familiar o laboral.

RELACIÓN CON EL MÉDICO

Los padres deben estar en continua relación con el médico.

Aunque los fármacos que se administra a estos niños no tienen ningún riesgo, es importante obedecer al médico y que sea él quien decida la dosis y el tiempo durante el que el niño tiene que tomar esos medicamentos.

Por otra parte, dadas las peculiaridades de la conducta hiperactiva, es habitual que el niño se comporte como cualquier otro, durante los veinte o treinta minutos de la consulta. Por ello es muy importante que los padres expongan de forma clara y precisa los problemas de conducta que el niño presente en el contexto familiar, especificando las situaciones y los momentos más conflictivos del día.

Es también conveniente que los padres proporcionen al médico la información necesaria sobre su comportamiento en el colegio.

ACTITUD CON EL PROFESORADO

Los padres deben colaborar en todo momento con el profesorado, para mejor ayudar a controlar la conducta de su hijo.

Al inicio del curso, conviene que expliquen claramente al profesor los problemas de su hijo y el tratamiento que se le está aplicando.

Padres y profesores deben actuar conjuntamente, tanto en el proceso de aprendizaje como en el control de la conducta. Los padres deberán trabajar con el niño diariamente, a fin de reforzar los aprendizajes que ha adquirido.

6. ¿Qué puedo hacer por mi hijo?

Por su hijo puede Vd. hacer muchas cosas, todas ellas eficaces. Resumimos a continuación algunos de los consejos y actividades más importantes.

- Prestarle atención, escuchándole y hablándole con paciencia. Deben explicar al niño su problema y cuáles son los planes para ayudarle a superarlo, de tal forma que él mismo colabore.
- Mantener una entrevista personal con la profesora cada quince días, de tal manera que ustedes mismos hagan el papel de «profesor de apoyo» con su hijo hiperactivo.
- Utilizar los intereses del niño y emplearlos como elementos motivacionales para ayudarle a aprender de una manera más eficaz siguiendo los programas de aprendizaje asociado. Basta, por ejemplo, con que le digan: «Cuando terminemos esta ficha puedes ver los dibujos de la televisión».
- Tener siempre muy claro que ustedes son un *modelo* para el niño. Por consiguiente, delante de él ser siempre *coherentes y actuar responsablemente*.
- Ayudar al niño a aumentar la confianza en sí mismo y su autoestima. Estimularle, haciendo hincapié en la calidad de sus ejecuciones por modestas que sean.
- Aceptarle tal y como es, también con el potencial que tiene para crecer y desarrollarse. Tratar de no generar respecto al niño unas expectativas inadecuadas, que estén por encima de sus posibilidades.

- Procurarle, dentro de lo posible, una situación estructurada en el hogar. Mantener constante el horario de comidas, baño, sueño, etc., evitándole una estimulación excesiva (ruidos, luces, etc.). Una situación desestructurada o mal estructurada convierte poco a poco al niño hiperactivo en un niño histérico, por su fuerte tendencia a responder a los estímulos de su entorno. En este aspecto es muy conveniente designarle un lugar tranquilo donde trabajar y jugar.
- Comunicarle, con suficiente antelación, cualquier posible alteración de la dinámica del hogar de manera que se le permita adaptarse a ella.
- Hacerle partícipe, según sus capacidades, de las tareas domésticas que pueda realizar. Enseñarle directamente (a través del modelado) y alabarle cuando intente actuar por sí mismo.
- Comentar tranquilamente con el niño sus malas actuaciones, tratando de hacerle ver que es necesario siempre pensar antes de actuar, que la prisa provoca muchos desastres.
- Utilizar la «ausencia de premio» como castigo y el «castigo físico» sólo cuando sea absolutamente necesario.
- Reforzarle cuando hace algo bien, dirigiéndole una sonrisa o una palabra de elogio. Este modo de proceder aumentará en el futuro sus conductas positivas.
- Preocuparse de que el niño reciba una dieta nutritiva adecuada.
- Comentar con el niño sus errores, tratando de que él mismo genere posibles alternativas a sus equivocaciones.
- No actuar permisivamente. Un ambiente sin una normativa clara aumenta la ansiedad y confusión del niño. Es conveniente que le proporcionen pocas normas de conducta claras y coherentes que dirijan sus acciones.
- Utilizar la autoridad de forma asertiva, lo que implica decir «no» cuando el niño pide o exige cosas poco razonables y expresar esas órdenes de manera clara, precisa y razonada.

7. ¿Qué pueden hacer los maestros?

Los maestros son, sin duda alguna, los profesionales que más pueden hacer en el aula por el aprendizaje del niño hiperactivo. Resumimos a continuación algunos de los consejos y actividades que pueden serles más útiles para el desempeño de su función.

- Utilizar siempre la técnica del subrayado con colores, de tal modo que el niño se centre sobre la información que es más relevante.
- Nombrar al niño responsable de dar los avisos fuera de clase, de tal modo que pueda levantarse de vez en cuando.
- Buscarle un pupitre tranquilo, lejos de la ventana o la puerta y lo más cerca posible del profesor. Esto le ayudará a controlar sus distracciones.
- Utilizar los auriculares de oír música durante las explicaciones.
- Darle órdenes simples y breves.
- Darle un encargo, una vez que ha cumplido el anterior. No permitirle que deje las cosas «a medio hacer».
- Sentarle de espaldas a la clase si su capacidad de atención no mejora.
- Seguir de cerca el trabajo del niño, cuando tenga que hacerlo él solo.
- Alternar el trabajo que debe realizar en el pupitre con otras actividades que le permitan levantarse y moverse un poco (recoger el material, repartir los cuadernos, etc.).

- Permitirle hacer algunos ejemplos sencillos cuando tenga que enfrentarse a nuevas tareas, para que se familiarice con ellos y les pierda el miedo.
- Enseñarle a mantener sus «cosas» ordenadas encima de la mesa.
- Obligarle a tener ordenados los libros y los cuadernos dentro del pupitre.
- Mantener una tutoría con sus padres cada quince días, como mínimo. Explicarles, de forma clara y concreta, durante esta tutoría los problemas de conducta del niño y lo que ellos pueden hacer para controlarle.
- Facilitar a los padres los objetivos diarios de aprendizaje, a fin de que ellos mismos hagan el papel de «profesor de apoyo» para el niño.
- Evitar reprenderle en sus mismos términos.
- Evitar humillarlo o hacerle sentirse culpable delante de sus compañeros.

8. Soluciones

En la actualidad, contamos con tres diferentes modalidades para ayudar al niño a superar su hiperactividad: la farmacológica, la psicológica y la educativa.

De estas tres, la ayuda farmacológica es, sin duda alguna, la más eficaz. De hecho, algunos niños hiperactivos con sólo el tratamiento farmacológico son capaces de controlar la impulsividad y los problemas de atención. No obstante, la gran mayoría de los niños hiperactivos necesitan, además de los fármacos, una ayuda psicológica y educativa.

Por otra parte, es indispensable la orientación a los padres sobre cómo controlar los problemas de conducta que este niño provoca en la familia.

Los fármacos

La hiperactividad, aunque se desconoce su origen y el modo de transmitirse, es un trastorno neurológico. Los problemas psicológicos y sociales que con frecuencia acompañan a la hiperactividad son consecuencias de ella y no constituyen el origen del problema. Por tanto, la solución más eficaz son las pastillas.

Muchas veces, los padres temen que la conducta de su hijo no se solucione con una pastilla, ya que lo observan como un problema de convivencia y sin que aparezca ningún daño biológico. Sin embargo, hay que advertir que nuestra conducta viene condicionada por nuestros pensamientos, sentimientos y actitudes y todo esto se elabora en

el cerebro. De ahí que cuando la conducta se desajusta haya que recurrir a la ayuda de un psiquiatra.

Por otra parte, el tratamiento psicológico no es tan eficaz como algunas veces se ha presentado. En ciertos pacientes con tumor cerebral y con graves alteraciones psicológicas, éstas se recuperan fácilmente. Sin embargo, un niño maltratado en su primeros años de vida puede permanecer años en tratamiento psicológico, sin que por ello mejore. A pesar de lo importante que es el ambiente, la neumonía se cura con penicilina y la anemia perniciosa con la administración de vitamina B12.

Los fármacos que se administran al niño no curan la hiperactividad, pero sí ayudan a controlarla; actúan en el sistema nervioso, haciéndolo funcionar más eficazmente. Aunque estos fármacos no curan la hiperactividad, facilitan el que se genere en el organismo una mayor cantidad de catecolaminas y, de esta forma, los niveles de atención y la inquietud motora se ajustan mejor a las demandas del medio. Por tanto, los fármacos son una terapia imprescindible en este tipo de niños.

La medicación es necesaria hasta que el sistema nervioso genere por sí mismo una cantidad adecuada de catecolaminas.

Un caso similar es el de la anemia perniciosa. Una persona con esta enfermedad tiene que ingerir vitamina B12 durante toda su vida, ya que el organismo no produce la cantidad necesaria. En el caso de la hiperactividad los fármacos suplen también la deficiencia que inicialmente hay en el niño, deficiencia que puede desaparecer con la edad, aunque no siempre.

Los fármacos que se administran en la hiperactividad infantil no crean dependencia en el niño. Hay sustancias que crean una dependencia en el organismo. Esta dependencia puede ser física o psíquica.

La *dependencia física* implica una progresiva adaptación biológica del organismo a la presencia del fármaco. Por tanto, si se interrumpe su consumo se alteran algunas de las constantes biológicas.

La *dependencia psíquica* consiste en un conjunto de modificaciones psicológicas de contenido agradable producidas por el consumo del fármaco, que despiertan en el consumidor el deseo irresistible de conseguirlo y de usar de él crónicamente.

En el caso de la hiperactividad infantil los fármacos que se administran al niño no crean una dependencia física, pero sí hay cierto riesgo de que generen una dependencia psíquica. Por otra parte, este tipo de dependencia, cuando se produce, es más frecuente en los padres que en los niños. Y es que mientras el niño está bajo el efecto de

la medicación su conducta permanece más ajustada a lo que se le pide y la relación con sus padres y hermanos es más positiva. En consecuencia, es muy probable que los padres atribuyan estos efectos positivos a la medicación y teman enfrentarse de nuevo a los problemas de conducta planteados por el niño.

La dependencia por parte del niño es menos frecuente y puede aparecer cuando la medicación se administra de forma incorrecta, como veremos a continuación.

En cualquier caso, el problema no estriba en si la medicación del niño hiperactivo es una «droga» o no, porque cualquier medicina lo es. La cuestión debe plantearse de otra manera ¿Perjudica esta medicación la salud de mi hijo? La respuesta es que no sólo no perjudica la salud del niño, sino que la beneficia en tanto que le ayuda a lograr un mayor ajuste psicosocial.

LO QUE DEBE SABER EL NIÑO

El niño debe saber por qué y para qué toma la pastilla. Es evidente que la explicación que demos al niño hiperactivo dependerá de su edad y del uso que en la familia se hace de los fármacos.

En general, los niños responden bien cuando se les explica que la pastilla es sólo una vitamina que les va a ayudar a prestar más atención en el colegio y en casa.

El niño no debe creer que toma pastillas porque está enfermo o por ser un niño distinto a los demás.

En cierta ocasión una madre nos comentaba que su hijo creía tener una herida en la tripa y por eso tomaba la pastilla. Esto es un error porque la idea de enfermedad hace al niño más dependiente del adulto y no le ayuda a responsabilizarse.

Hay que evitar que el niño piense que sus padres le obligan a tomar la pastilla para que sea bueno. Es importante que los padres ayuden al niño a tomar conciencia de aquellos aspectos de su conducta más negativos, así como de los problemas que genera. Así, al niño se le debe explicar que la pastilla le ayudará a controlar estas pequeñas faltas, pero que él mismo tiene que esforzarse porque la pastilla sola no hace nada.

Por lo general, los niños reconocen sin dificultad alguna las conductas que más problemas les causan. El niño hiperactivo suele ser consciente de su dificultad para prestar atención al profesor, para terminar sus tareas en casa o en el colegio, para estar sentado en su pu-

pitre durante la jornada escolar o para acordarse de cosas elementales como, por ejemplo, el cuaderno con los deberes. Por otra parte, el niño hiperactivo se considera a sí mismo como un niño nervioso y le molestan los cambios bruscos de humor ante cualquier tontería.

Una vez que el niño inicia el tratamiento farmacológico también advierte como con esta pastilla le resulta menos costoso terminar su trabajo escolar, prestar atención al profesor, recordar cosas importantes, controlar su temperamento y, sobre todo, estar más tranquilo.

Sería conveniente que el niño atribuyera «parte» de este cambio a la medicación y «parte» a su esfuerzo. De lo contrario, es probable que se aburra de tomar todos los días la misma pastilla y, en consecuencia, se le «olvide» o se «niegue» a tomarla.

Pero al mismo tiempo y para evitar esa *dependencia psíquica* de la que hablábamos antes, el niño tiene que ser consciente que la pastilla es sólo una ayuda y que sin su esfuerzo no se conseguiría ninguno de los efectos positivos que a aquella se le atribuyen. En cierta ocasión, un niño de ocho años que cursaba 3° de EGB con un rendimiento escolar insuficiente empezó a tomar fármacos en abril y las notas escolares cambiaron considerablemente, ante este hecho el niño atribuyó su mejora a la pastilla hasta el extremo que si no la tomaba se negaba a trabajar en el colegio.

Fármacos

En la actualidad, gracias a los avances de la medicina, disponemos de varios fármacos en el mercado para el tratamiento de la hiperactividad. Todos ellos son fármacos estimulantes y no tranquilizantes.

El objetivo que se persigue con la medicación no es sólo controlar la conducta del niño, sino también ayudarle a ajustarse mejor a las necesidades del entorno, haciendo más eficaz su trabajo. Además, la medicación le facilita un mayor autocontrol, disminuye su malhumor e irritabilidad y le ayuda a ser menos caprichoso y más tolerante ante la frustración y, en consecuencia, más obediente.

Todo esto hace que tenga más confianza en sí mismo, ya que suele estar más satisfecho al alcanzar las expectativas que él mismo se propone realizar.

DEXODRINE

El primer fármaco que se empezó a utilizar fue la anfetamina, de nombre comercial Dexedrine. Su empleo se inició en 1937 y hoy todavía está vigente. La cantidad de anfetamina que un niño hiperactivo necesita oscila entre 5 y 60 miligramos diarios. El dexedrine tiene dos modalidades: las grageas y las cápsulas (efectos de larga duración). El efecto producido por este fármaco, cuando se administra en forma de gragea tiene una duración de tres a seis horas, mientras que con las cápsulas de larga duración el efecto puede mantenerse de 8 a 16 horas.

Las cápsulas de larga duración tienen la ventaja de que el niño con una sola toma puede controlar su conducta durante todo el día. Sin embargo, esta forma de administración no siempre puede emplearse.

Cuando la dosis prescrita por el médico se realiza en dos tomas distintas, desayuno y comida, puede que el niño no siga la toma de la medicación en el colegio. Esto suele ocurrir porque teme «al qué dirán sus compañeros». En este caso los padres deben colaborar con el profesor, para que se responsabilice de dar la medicación al niño. Hay que advertir que es un peligro dar al niño el pastillero para que él se autoadministre los medicamentos, dada su irresponsabilidad e inmadurez.

RUBIFEN

En la década de los sesenta se inicia el empleo del methylphenidate, sustancia conocida con el nombre comercial de Rubifen. La cantidad de methylphenidate que un niño requiere es de 10 a 120 miligramos diarios. El methylphenidate se fabrica en grageas y sus efectos tienen una duración que oscila entre las tres y las cuatro horas.

Cuando el niño toma Dexodrine o Rubifen los efectos son inmediatos. No obstante, en algunos casos estos efectos no se observan hasta siete o quince días después de iniciarse el tratamiento.

CYLERT

Un fármaco menos conocido es el pemoline, de nombre comercial Cylert. El pemoline se prescribe en cantidades de 18,75 a 112,5 mili-

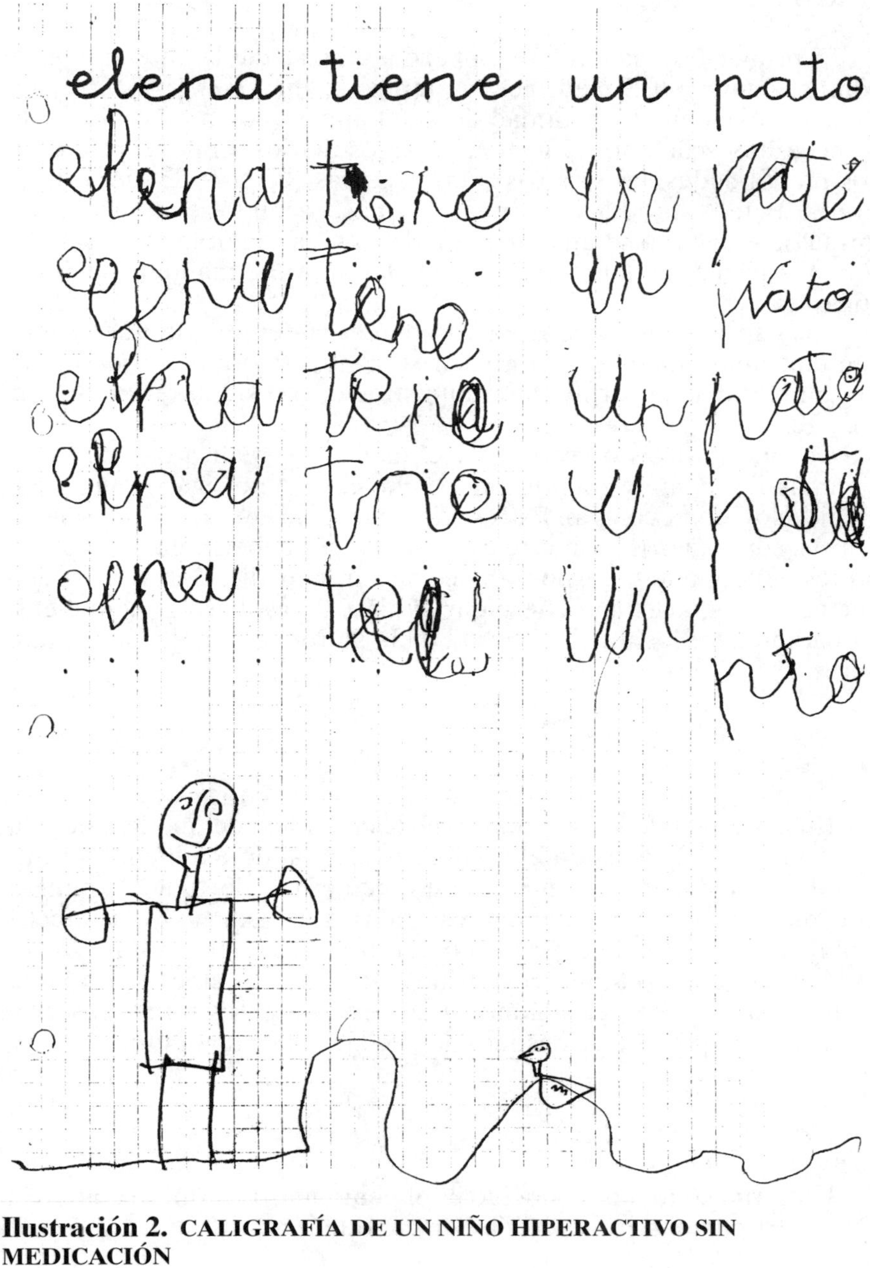

Ilustración 2. CALIGRAFÍA DE UN NIÑO HIPERACTIVO SIN MEDICACIÓN

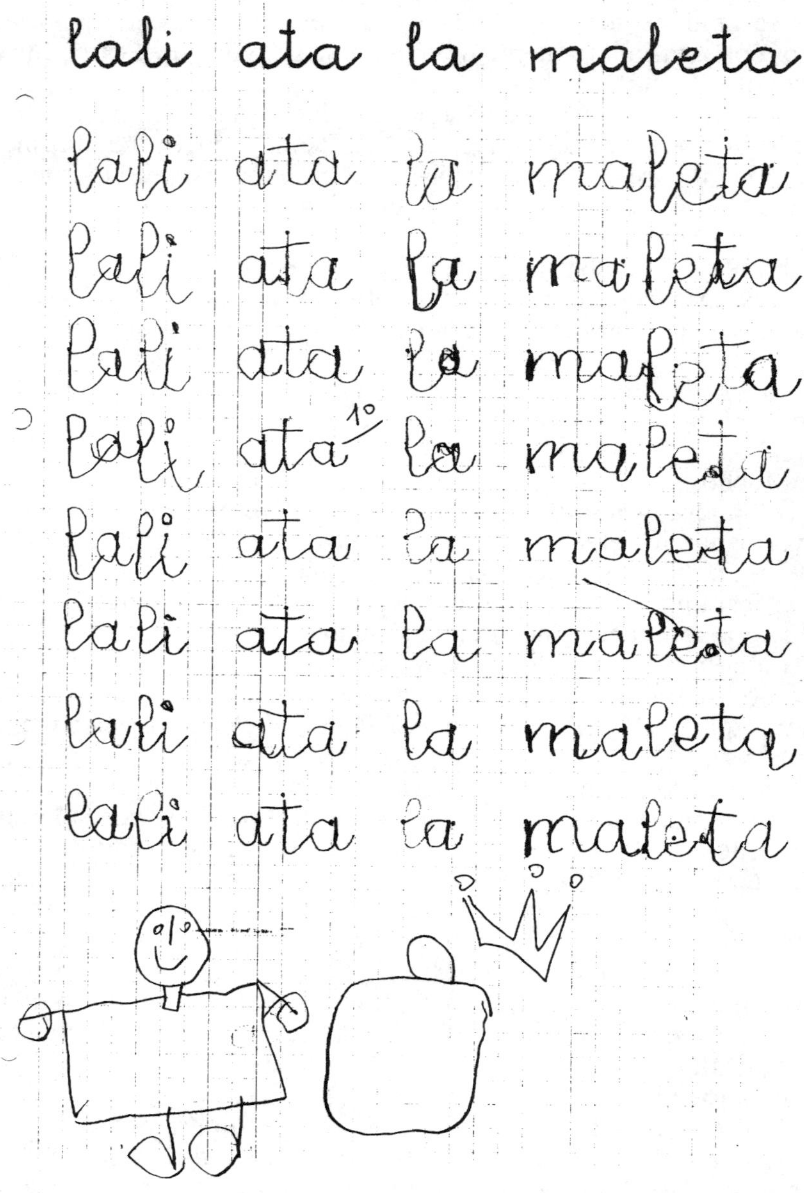

Ilustración 2. **CALIGRAFÍA DE UN NIÑO HIPERACTIVO CON MEDICACIÓN**

gramos por día. El efecto del pemoline varía según el niño. En algunos casos debe ser administrado dos veces al día, mientras que en otros con una sola toma puede obtenerse un efecto que dura entre 12 y 18 horas.

Los efectos del Cylert no son inmediatos, pudiendo necesitar hasta dos o tres semanas en manifestarse. Puede ocurrir que al principio el niño empeore cuando se inicia la medicación, estando más activo e irritable. Si se continúa con la medicación, estos efectos desaparecen y el niño se tranquiliza.

La mayoría de los niños hiperactivos responden bien a uno de estos tres fármacos. No obstante, es el médico quien debe decidir qué fármaco y qué dosis es la más beneficiosa para cada niño.

EFECTOS

Muchos padres se preguntan si al ser esta medicación estimulante, no se pondrá más nervioso el niño hiperactivo. Sin embargo, hay que advertir que los efectos de estos fármacos son distintos en un adulto que en un niño. Esto es lógico. Es lo mismo que sucede si nos inyectamos insulina sin ser diabéticos. En ese caso es muy posible que el efecto que obtenga no sea beneficioso para la salud.

La administración de estos medicamentos al niño hiperactivo no sólo no lo excitan, sino que lo calman y le dan tranquilidad. En niños muy pequeños la medicación puede llegar a producir un cierto estado de tristeza.

Otro de los grandes temores de los padres es el de la adicción. Es éste un temor infundado, porque al niño las pastillas nunca le gustarán. Si los problemas persisten en la adolescencia, algunos médicos interrumpen este tratamiento, sustituyéndolo por otro. No obstante, hay que recordar que el efecto de esta medicación es distinto en el adulto normal y en el adulto hiperactivo.

Cuando la medicación es eficaz, el niño hiperactivo se encuentra más tranquilo y está menos inquieto, su capacidad de atención mejora, se muestra menos cabezota y su conducta es más fácil de manejar. En síntesis, adquiere un mayor ajuste psicosocial, lo que le permite adaptarse mejor a las demandas familiares y escolares.

Con esta medicación, por otra parte, el temperamento explosivo se suaviza o desaparece; el estado de ánimo puede estabilizarse; disminuye la impulsividad; mejora la caligrafía, y el niño se organiza mejor (véase ilustración 2).

Estos efectos son más beneficiosos que los producidos por un tranquilizante. En efecto, los tranquilizantes pueden también reducir el nivel de actividad motora del niño, pero ni aumentan su capacidad de concentración ni disminuyen su impulsividad. Es probable, no obstante, que persistan los problemas de comportamiento en casa y en el colegio.

Es importante que los padres informen al médico sobre las manifestaciones de la conducta del niño con y sin medicación, a fin de que éste regule la dosis y determine cuándo debe administrarse. Hay ocasiones en las que los efectos beneficiosos no se perciben por tratarse de una dosis inadecuada del medicamento.

Por este motivo, los padres deben estar también en contacto con el profesor de su hijo, de tal modo que los profesores observen la conducta del niño hiperactivo con y sin medicación e informen acerca de ella.

Por otra parte, los padres deberán tener en cuenta que la medicación es diaria y que los efectos no duran de un día para otro.

CUÁNDO ADMINISTRAR LA MEDICACIÓN

Cada niño responde de forma distinta a la medicación. Por tanto, el médico debe conocer cuál es el patrón de conducta del niño hiperactivo en casa y en el colegio, a fin de ajustar mejor la medicación.

Hay ocasiones en las que la conducta se hace más problemática en el ámbito escolar. Por este motivo, es frecuente que se administre la medicación únicamente en los periodos escolares, retirándose los fines de semana, los días festivos y durante las vacaciones.

Cuando los problemas de conducta del niño hiperactivo se manifiestan en casa y en el colegio, la medicación se administra a diario; después de algún tiempo es probable que el médico se la retire temporalmente. Esto es importante para que el organismo no se habitúe a esta sustancia y deje de responder. Por eso, el periodo en que el niño descansa de medicación suele coincidir con las vacaciones de verano.

Después de estas largas vacaciones, es probable que el médico aconseje al niño que inicie el curso sin medicación, con el fin de observar su comportamiento y ajustarla de nuevo.

Por este motivo es importante que los padres estén en contacto con el profesor para que les informe de la conducta de su hijo.

El profesor deberá observar la actividad motora, la capacidad de concentración y el rendimiento académico. Es también necesario co-

nocer cómo interactúa el niño hiperactivo con sus compañeros de clase y su capacidad para ajustarse a la disciplina del colegio.

Con el transcurso del tiempo y en función de cuál sea el desarrollo del niño, es muy probable, que se le retire definitivamente la medicación. Aunque también es posible que la vuelva a necesitar en periodos en que se encuentra más tenso, como suele ocurrir durante los exámenes.

Como efectos secundarios que puedan originar estos fármacos hay que hacer notar la falta de apetito y de sueño.

El niño puede perder un poco de peso, pero nunca en un grado tan severo que haya que dejar de administrar la medicación.

En relación con el sueño, debe advertirse que no debe administrarse ningún fármaco antes de acostarse. La última dosis debería administrarse tres o seis horas antes.

Finalmente, hay un reducido grupo de niños hiperactivos (el 1%) en los que el medicamento puede desencadenar una reacción alérgica. Esta alergia produce una alteración hematológica que sólo se detecta a través del análisis de la sangre.

La ayuda psicopedagógica

Los padres tienen que tener en cuenta los principios básicos siguientes:

- El niño hiperactivo tiene dificultades para seguir cualquier directriz, orden o norma de conducta. Esta dificultad a veces la puede superar y a veces no.
- El niño hiperactivo debe aprender a autocontrolar su conducta, igual que cualquier otro niño. Este aprendizaje es más lento y los padres tienen que ir responsabilizándole gradualmente.

Con frecuencia, los padres acusan al niño hiperactivo de irresponsable. Esta actitud aumenta los sentimientos de culpa del niño y puede llegar a provocar un cierto desajuste emocional.

Los padres deberán explicar al niño su problema, suscitar en él las expectativas adecuadas a su nivel de madurez y premiar su realización. De esta forma, aprenderá a controlar su conducta y a incrementar su nivel de madurez y responsabilidad.

- Las conductas inapropiadas del niño hiperactivo pueden ser corregidas con el tratamiento farmacológico o/y con la intervención psicopedagógica.

Los padres tienen que diferenciar entre aquellas conductas que se controlan con fármacos y aquellas otras en las que ellos mismos con la ayuda de algún psicopedagogo pueden eliminar.

Hay ocasiones, sin embargo, en que ni el tratamiento farmacológico ni la ayuda psicopedagógica son suficientes para desarraigar ciertas conductas en el niño hiperactivo. En estos casos, los padres deberán soportarlas pacientemente.

¿CÓMO ENSEÑAR A OBEDECER AL NIÑO HIPERACTIVO?

El principal problema de estos niños en casa es, como ya hemos señalado anteriormente, la disciplina.

Hacer que un niño hiperactivo sea disciplinado es una tarea compleja. El primer cometido de los padres es establecer un «reglamento familiar» y el segundo, hacer que el niño lo cumpla.

EL REGLAMENTO FAMILIAR

Los padres tienen que crear un ambiente familiar estable, consistente, explícito y predecible.

- *Un ambiente familiar estable* implica que el cumplimiento o incumplimiento de las reglas propuestas por los padres siempre ha de tener las mismas consecuencias para el niño. Esto es, siempre que el niño no cumpla con la regla de «lavarse los dientes» se le sancionará. Por el contrario, siempre que cumple esta regla obtendrá un beneficio.

- *Un ambiente familiar es consistente* cuando las reglas no cambian de un día para otro. Así, si el niño debe «recoger sus juguetes antes de sentarse a cenar» nunca se le permitirá que se siente a la mesa sin antes haber cumplido esta regla.

- *Un ambiente familiar es explícito* cuando las reglas son conocidas y comprendidas por ambas partes. Pongamos un ejemplo, en el que la regla consiste en «dejar su dormitorio ordenado antes de marcharse al colegio». Si los padres no definen esta regla de forma más concreta es muy probable que no haya acuerdo entre los padres y el niño, acerca del cumplimiento de esta regla. Ordenar un dormitorio puede incluir una o varias de las siguientes tareas: hacerse la cama,

dejar el pijama doblado y guardado en el armario, dejar guardadas las zapatillas, dejar los juguetes recogidos en su sitio, subir la persiana, apagar la luz, etc. Las reglas tienen que estar definidas de forma muy concreta para que el niño hiperactivo conozca y entienda lo que debe hacer y por lo que se le premia o se le castiga.

• *Un ambiente familiar predecible* significa que las reglas están definidas antes de que se «incumplan» y no después.

Evidentemente, no todas las conductas del niño hiperactivo pueden preverse con suficiente anticipación, pero sí la mayoría.

En general, actividades diarias como «ducharse», «lavarse los dientes», «comer sentado», «recoger los juguetes después de usarlos», etc. pueden formularse como reglas de conducta.

En el caso de que el niño hiperactivo realice una conducta inapropiada que no ha sido formulada dentro del reglamento familiar no deberá sancionarse. No obstante, debe tenerse en cuenta para incluirla dentro del próximo reglamento que se establezca.

Las reglas de conducta

La elaboración del reglamento familiar requiere seguir, por parte de los padres, los siguientes pasos (véase cuadro 9):

Cuadro 9. REGLAMENTO FAMILIAR DE ENRIQUE

Conductas inapropiadas de Enrique

No se hace la cama
No trae los libros del colegio y cuando los trae se ha olvidado del cuaderno donde apunta los deberes
Deja el pijama tirado en el suelo
Deja su cazadora en cualquier lugar de la casa al llegar del colegio
No quiere ducharse por las noches
No quiere lavarse por las mañanas
Su habitación siempre está desordenada
Hace rabiar a su hermano menor
Se pone a llorar en cuanto se le niega algo

Cuadro 9 (continuación)

Objetivos positivos para Enrique

Hacerse la cama los sábados y los domingos
Traer el cuaderno con los deberes apuntados que ha de realizar
Traer del colegio los libros necesarios para hacer los deberes
Dejar el pijama doblado debajo de la almohada
Colgar la cazadora en una percha
Guardar la cazadora en el armario
Ducharse por la noche antes de acostarse
Lavarse la cara y las manos por la mañana antes de desayunar
Dejar la ropa sucia en la lavadora
Guardar la ropa limpia en el armario
Recoger las zapatillas en el armario
Tirar los papeles que no sirven
Dejar los libros en la estantería
Responder con palabras amables a su hermano
Aceptar las negativas sin enfadarse
Proponer una actividad que sustituya a la que se le niega

Jerarquía de objetivos para Enrique

Colgar la cazadora en una percha
Guardar la cazadora en el armario
Ducharse por la noche antes de acostarse
Lavarse la cara y las manos por la mañana antes de desayunar
Dejar la ropa sucia en la lavadora
Guardar la ropa limpia en el armario
Recoger las zapatillas en el armario
Traer el cuaderno con los deberes apuntados que ha de realizar
Traer del colegio los libros necesarios para hacer los deberes
Aceptar las negativas sin enfadarse
Proponer una actividad alternativa a la que se le niega
Responder con palabras amables a su hermano
Tirar los papeles que no sirven
Dejar los libros en la estantería
Colocar el pijama doblado debajo de la almohada
Hacerse la cama los sábados y los domingos

Cuadro 9 (continuación)

Reglas de conducta que Enrique debe seguir

Regla 1 : Colgar la cazadora en una percha
Regla 2: Guardar la cazadora en el armario
Regla 3: Ducharse por la noche antes de acostarse
Regla 4: Lavarse la cara y las manos por la mañana antes de desayunar
Regla 5: Dejar la ropa sucia en la lavadora
Regla 6: Guardar la ropa limpia en el armario
Regla 7: Guardar las zapatillas en el armario
Regla 8: Traer el cuaderno con los deberes apuntados que ha de realizar
Regla 9: Traer del colegio los libros necesarios para hacer los deberes
Regla 10: Aceptar las negativas sin enfadarse
Regla 11: Proponer una actividad alternativa y distinta a la que se le niega
Regla 12: Responder con palabras amables a su hermano
Regla 13: Tirar los papeles que no sirven
Regla 14: Dejar los libros en la estantería
Regla 15: Colocar el pijama doblado debajo de la almohada
Regla 16: Hacerse la cama los sábados y los domingos

Propuesta de las cinco reglas de conducta que debe seguir Enrique esta semana

Regla 1: Colgar la cazadora en una percha
Regla 2: Guardar la cazadora en el armario
Regla 3: Ducharse por la noche antes de acostarse
Regla 4: Lavarse la cara y las manos por la mañana antes de desayunar
Regla 5: Dejar la ropa sucia en la lavadora

- Hacer una lista de las «conductas inapropiadas de su hijo».
- Formular este inventario de conductas inapropiadas, en una lista de «objetivos positivos».
- Establecer una «jerarquía» entre estos objetivos, desde el más importante al más trivial.
- Formular estos objetivos en forma de «reglas de conducta». Estas reglas deben ser claras y concretas para que el niño las entienda.
- Proponer cada semana «cinco reglas de conducta», destacando una de ellas como la más importante. Cada regla deberá realizarse bien

durante al menos quince días seguidos. Cuando el niño consigue ese objetivo, se propone la siguiente conducta, según el orden de importancia establecido, y la conducta cumplida deja de premiarse o sancionarse.

Este estilo educativo puede parecer a algunos como algo demasiado rígido. Sin embargo, los padres deben reflexionar sobre las siguientes afirmaciones:

- Permitir al niño que haga lo que quiera no es educarle.
- Ser firmes con el niño no significa ser inhumanos o despiadados con él.
- Estructurar el ambiente familiar ayuda al niño hiperactivo a formularse expectativas y valores que pueden dar sentido a su vida.
- Forzar al niño a que cumpla el reglamento familiar no es privarle de libertad. Antes al contrario, de esta forma los padres favorecen la madurez y responsabilidad de su hijo y evitan que sea, en el futuro, un hombre de voluntad frágil y caprichosa.
- Establecer un reglamento familiar no anula la autoexpresión o la creatividad del niño. Unicamente las personas que controlan sus impulsos pueden llegar a hacer cosas importantes. Las personas que no controlan sus caprichos acaso podrán ser brillantes pero nunca harán nada de provecho ni para ellas mismas ni para la sociedad.

Establecer un reglamento familiar no implica que los padres no favorezcan el diálogo con el niño, o que le impidan expresar sus sentimientos. Ahora bien, los padres deben educar el «temperamento explosivo» de su hijo, ayudándole a ser más racional y a no dejarse llevar por sus emociones.

- Decidir por el niño no es abusar de su minoría de edad. Los padres tienen la obligación y el deber de tutelar a su hijo, hasta que éste alcance la madurez necesaria para decidir por sí mismo.

Por otra parte, los padres pueden y deben permitir al niño decidir algunas cuestiones como, por ejemplo, la ropa que se va a poner o el encargo doméstico que realizará. Cuestiones tales como «ir al colegio», «comer» o «tomarse la medicación» son decisiones que no competen al niño hiperactivo por su tendencia a hacer sólo lo que le agrada y, fundamentalmente, por su falta de madurez para asumir las consecuencias de sus decisiones.

Finalmente, hay que advertir que los padres deben estar de acuerdo tanto en el reglamento, como en los premios y castigos que el niño recibirá por el incumplimiento o cumplimiento de los objetivos que se le señalaron. En caso contrario, este método carecerá de eficacia.

Además de establecer el «reglamento familiar», los padres deberán exigir al niño su cumplimiento. Hacer que el niño se ajuste a este reglamento no es fácil. Por este motivo los padres tienen que poner en marcha, junto al reglamento, un sistema de premios y castigos.

La lista de premios y castigos debe elaborarse de acuerdo con el niño y no por los padres en solitario.

LOS PREMIOS

Al hablar de «premios» no nos referimos a juguetes u objetos caros y extraordinarios.

Para un niño, un premio es algo agradable que desea alcanzar, de tal modo que hará lo que sea por conseguirlo.

¿Qué es lo más agradable para un niño? Evidentemente, cada uno es diferente y, por tanto, lo que más agrado produce a un niño puede ser indiferente para otro. Además, hay que tener en cuenta las «circunstancias» y el «estado» del niño en particular. De hecho, a las cinco y media de la tarde un bocadillo puede ser un gran premio, mientras que a las nueve de la noche (después de cenar) el mismo bocadillo carece de interés para el mismo niño.

En general, las muestras de afecto o atención por parte de los padres y/o los profesores, constituyen un premio para cualquier niño. De hecho, cuando uno de estos adultos ignora al niño, en realidad le está castigando.

Por otra parte, la expresión de desaprobación puede implicar que no se le está «prestando más atención» y, por tanto, se está premiando su mala conducta. Cuando el niño hiperactivo observa a sus padres discutir a causa de algunas de sus conductas es posible que sea capaz de repetirla, a fin de convertirse él en el centro de la discusión.

Las actividades que más le gustan al niño y que habitualmente suele realizar, como pueden ser «jugar con sus juguetes», «ver la televisión» o «ir al cine con sus primos» también pueden entenderse y emplearse como un premio.

Finalmente, puede considerarse como premio extraordinario cualquier actividad infrecuente como, por ejemplo, «ir al parque de atracciones» o adquirir un objeto interesante.

Cuadro 10. SUPUESTA «TÓMBOLA DE PREMIOS» PARA UN NIÑO HIPERACTIVO DE 5 AÑOS

Tostadas en el desayuno	1
Miel en la leche	1
Tortilla de patata para cenar	1
Un huevo frito con patatas para cenar	1
Jugar con los coches	1
Colorear con témperas	1
Jugar con el ordenador	1
Jugar a las construcciones	1
Jugar con turbo-construcción	1
Jugar con los puzzles	1
Jugar con el coche dirigido	1
Jugar 30 minutos en el parque	1
Montar en bicicleta 15 minutos	1
Ver un vídeo de dibujos de 15 minutos	1
Diez minutos más de juego antes de acostarse	1
Montar el zoo	1
Leerle un cuento antes de acostarse	1
Dibujar con papá y mamá	1
Jugar a los bolos	1
Jugar al parchís	1
Jugar a la oca	1
Cinco minutos más en el baño	1
* * *	
Merendar arroz con leche	2
Cenar un perrito caliente	2
Montar el escalectric	2
Comprar un sobre de cromos	2
* * *	
Comprarle una bolsa de chucherías	3
Merendar tortitas con chocolate	3
Ver una película de vídeo	3
Invitar a un amigo a casa	3
* * *	
Dormir en casa de sus abuelos	4
Ver una representación de guiñoles	4
Llamar al tele-pizza, para cenar	4
Ir a merendar a un Burger	4
* * *	
Ir al discovery	5
Ir a montar en bicicleta al Retiro	5
Invitar a un primo el fin de semana	5
Ir al cine	5
Ir el fin de semana a casa de un primo	5

Cuadro 10 b. «TÓMBOLA DE PREMIOS» PARA UN NIÑO HIPERACTIVO DE 13 AÑOS

• Merendar un vaso de leche con magdalenas	2
• Tomar una chocolatina de postre	5
• Abrir una bolsa de patatas fritas de aperitivo	5
• Abrir una bolsa de frutos secos de aperitivo	5
• Jugar a tenis durante una hora	10
• Ir a ver un partido de baloncesto	10
• Oír un disco de música	15
• Ver el programa de TV favorito	15
• Salir el sábado por la tarde 1 hora	15
• Salir una hora el domingo por la tarde	15
• Salir el sábado por la tarde 2 horas	20
• Salir 2 horas el domingo por la tarde	20
• Ir al cine	20
• Alquilar una película de vídeo	20
• Salir el sábado por la tarde 3 horas	25
• Salir 3 horas el domingo por la tarde	25
• Ir a patinar	30
• Comer en una hamburguesería	30
• Fin de semana en casa de sus primos	50
• Ir al parque de atracciones	90
• Comprarle una bicicleta	
* Sillín (1)	15
* Faro (1)	15
* Dinamo (1)	15
* Timbre (1)	15
* Ruedas (2)	30
* Piñones (5)	30
* Platos (2)	30
* Bielas (2)	30
* Frenos (2)	30
* Manillar (1)	30
* Pedales (2)	30
* Palancas de cambios (2)	30
* Cuentakilómetros (1)	30
* Cuadros (3 barras)	45

En definitiva, podemos considerar como algunos premios infantiles los siguientes: alabar al niño, prestarle más atención, dejarle que haga aquello que más le gusta, hacer o comprarle algo «extraordinario» (véase el cuadro 10).

CASTIGOS

Los castigos implican privar al niño de algo que le agrada o forzarle a hacer algo desagradable. Esto no significa que para castigar a un niño haya que pegarle, o tenga que privársele de ciertos privilegios durante largo tiempo.

Para los niños pequeños (hasta los seis años de edad), el castigo más eficaz y más duro es enviarle a su habitación hasta que cambie de conducta.

El castigo es un refuerzo negativo y tiene como objetivo reducir la probabilidad de que en el futuro se manifieste la conducta por la que ha sido castigado.

Sin embargo, el castigo en el niño hiperactivo tiene dos consecuencias negativas: primero, algunos tipos de castigos le convierten en centro de atención para sus padres y/o profesores y, paradójicamente por tanto, actúan como un premio y no como un castigo. Y, segundo, un castigo no es más eficaz cuanto más duro sea para el niño, pues de esta manera podemos fomentarle un patrón de conducta neurótica. Es decir, el niño puede ser inducido a actuar para evitar los castigos.

A título de ejemplo cabe citar el caso de Nicolás.

> Nicolás tiene seis años y le encanta jugar con las cerillas y/o mecheros. Una tarde lo encontró su madre junto a las cortinas jugando con las cerillas; con paciencia le advirtió del peligro y le retiró la caja de cerillas. Pero, en menos de treinta minutos, sin saber cómo, Nicolás no sólo había cogido la caja de cerillas sino que había prendido la cortina. La madre furiosa y, como castigo, le quemó un dedo. Han pasado desde entonces seis meses y Nicolás sigue jugando con cerillas.

En definitiva, ¿es eficaz el castigo para controlar la conducta del niño hiperactivo? El castigo puede resultar eficaz a veces, pero no siempre elimina las conductas inapropiadas del niño hiperactivo.

El castigo puede ser útil para controlar conductas temporales, pero a largo plazo carece de eficacia. Pongamos un ejemplo: un niño

que tiene una rabieta en el supermercado, recibe un castigo inmediato y la rabieta cesa, pero no tenemos ninguna certeza de que no vuelva a repetir el mismo comportamiento al día siguiente.

Si su conducta es indeseable, el castigo más eficaz es ignorarla. Pero, esto sólo puede hacerse cuando tal conducta carece de importancia. Ahora bien, si la conducta indeseable consiste en poner en peligro la vida de alguno de sus hermanos o la suya propia, romper algún objeto valioso, o cualquier otra acción peligrosa, los padres no pueden limitarse a «ignorar la conducta». En estos casos, deben disponer de una habitación vacía donde poder aislar al niño cuando cometa actos destructivos o dañinos para él o para otros. Si no quiere irse se le lleva a la fuerza y si intenta escaparse se cierra la puerta con llave hasta que se tranquilice y sea capaz de dominarse. Tan pronto como el niño se haya calmado se le deja salir de la habitación y se dialoga con él sobre lo sucedido, a fin de ayudarle a generar otro tipo de respuestas más apropiadas y menos agresivas para lograr lo que desea.

PRINCIPIOS GENERALES PARA LA APLICACIÓN DE LOS PREMIOS Y LOS CASTIGOS

Hay dos principios generales que los padres deberán respetar para que los premios y castigos sean eficaces:

- *El premio o el castigo tiene que ser inmediato a la conducta emitida por el niño que se quiere corregir.*

Es importante que el niño relacione su conducta con el premio o el castigo. Por este motivo, cuanto mayor sea el intervalo de tiempo entre la conducta y el premio o el castigo, menor será su eficacia.

El error más frecuente de los padres consiste en prometer al niño premios extraordinarios y muy a largo plazo. Por esta razón, el niño hiperactivo no modifica su conducta ante los «premios». Pongamos un ejemplo: prometer al niño una bicicleta en septiembre si se porta bien en el colegio y saca buenas notas en junio. El primer error estriba en exigirle una conducta inespecífica «portarse bien», el segundo error consiste en prometerle un premio extraordinario, como es «una bicicleta» y el último error es el largo «intervalo de tiempo» que debe transcurrir hasta conseguir su premio.

Incluso intervalos de tiempo de una semana pueden resultar demasiado largos para el niño hiperactivo. En estos casos es preferible

seguir un sistema de bonos o puntos, es decir, al niño se le explica que necesita un número determinado de bonos o puntos para conseguir su premio.

- *El premio o el castigo impuesto por los padres debe aplicarse siempre.*

Otro de los errores que con mayor frecuencia cometen los padres es repetirle al niño (hasta diez veces) una misma orden bajo la amenaza de un castigo. En esta situación el niño hiperactivo aumenta su ansiedad ante el temor del castigo, no obedece y su conducta irrita cada vez más a los padres. El desenlace final lleva a los padres a imponer un castigo desproporcionado a su conducta e imposible de cumplir.

Si el niño observa que los padres no son firmes en sus premios y/o castigos, es probable que los desautorice y se habitúe a desobedecer.

Para evitar este tipo de situaciones, lo mejor es seguir el reglamento familiar con sus premios y castigos previstos. De esta manera, cuando el niño cumple una regla se le premia y en el caso contrario se le aplica el castigo acordado, a pesar de que rectifique, lloriquee o proteste.

Esta forma de controlar la conducta infantil es eficaz para todos los niños, pero especialmente para los hiperactivos. Además de su eficacia, tienen la ventaja de la facilidad de su aplicación. Estas técnicas pueden utilizarse de modo formal o informal. En este segundo caso, cuando se aplican de modo informal, es importante no sólo administrar el premio o el castigo inmediato a la conducta, sino también dejar claro al niño el porqué de ese premio o castigo. Así, por ejemplo, cuando la madre observa cómo el niño recoge sus juguetes le puede decir: «Eres un hijo maravilloso. Yo estoy muy contenta por lo bien que has ordenado tus juguetes».

CUMPLIMIENTO DEL REGLAMENTO FAMILIAR

A continuación proponemos dos técnicas diferentes para ayudar al niño hiperactivo a cumplir el reglamento familiar.

Estas técnicas, aunque son mecánicas, resultan muy útiles para ayudar al niño hiperactivo a alcanzar un mayor autocontrol sobre su conducta, a proponerse objetivos y cumplirlos, a aumentar su nivel de expectativas, a mejorar el concepto de sí mismo y a adquirir un mayor grado de responsabilidad.

La economía de fichas

Esta técnica consiste en dar puntos positivos (bonos o estrellas) por cada regla de conducta que se cumple. En el caso contrario, si el niño incumple la regla, se le da un punto negativo. Cada punto negativo anula el valor de un punto positivo. El número total de puntos conseguidos se puede canjear por distintos premios. Esto supone que hay una lista de premios con el número de puntos necesarios para disfrutar de ellos.

La lista con las conductas «objetivo» tiene que estar a la vista del niño, así como los puntos que se le van concediendo. Estos pueden consistir en pegatinas, imanes o un simple punto dibujado.

Esta técnica se aplica a niños de tres a doce años.

El contrato de contingencias

Esta técnica es más útil con niños mayores, de 12 ó 13 años.

La técnica consiste en hacer un contrato con el niño acerca de su comportamiento. La elaboración de este contrato requiere del diálogo entre padres e hijo. Cada uno tiene que dejar constancia en términos específicos de la conducta que desea en el otro. Pongamos un ejemplo: los padres desean que el niño se haga la cama todos los días antes de ir al colegio y el niño quiere que le dejen ver el partido de fútbol en televisión los domingos.

A diferencia de la técnica anterior, aquí se establece un diálogo, un acuerdo y un pacto entre padres e hijo. Por tanto, el niño hiperactivo juega un papel importante en el control de su conducta.

Este contrato debe ser escrito y tiene que haber constancia de los deberes y los derechos de cada una de las partes (véase cuadro 11).

Se llama contrato de contingencia porque la conducta de los padres depende de la conducta del niño y viceversa. Si los padres no cumplen lo prometido es muy probable que el niño vuelva a repetir la conducta indeseada.

Cuadro 11. CONTRATO DE COMPORTAMIENTO DE UN JOVEN HIPERACTIVO

Tomás Pérez Rodríguez se compromete a estudiar dos horas diarias (de 6.30 a 8.30) de lunes a viernes.
Sus padres, por su parte, se comprometen a dejarle salir con sus amigos los sábados por la tarde.

Fdo. Tomás Pérez Rodríguez   Fdo. Tomás Pérez y María Rodríguez

Madrid a 22 de febrero de 1992

¿Cómo solucionar los problemas prácticos en la convivencia diaria?

¿CÓMO CORREGIR AL NIÑO HIPERACTIVO SIN PROVOCAR UNA RABIETA?

«En el colegio, me ha dicho la señorita que tiene que leer todos los días diez minutos y no puedo con él. Empezamos y, como todavía no identifica bien las letras, se equivoca. En cuanto le corrijo, se enfada. Repite incesantemente que "él ya no lee más", cierra los ojos y si trato de forzarle, me insulta...»

El niño hiperactivo no sólo no tolera las críticas o correcciones, sino que además reacciona mal ante ellas.

Sin embargo, es necesario corregir su conducta ¿Cómo hacerlo?:

1. Con mucha paciencia.
2. Con un tono firme pero suave. Evite los gritos y las explosiones de mal humor o irritabilidad. Recuerde que usted es modelo para el niño y no debe ponerse a su altura ni dejarse llevar por sus emociones.
   Es muy distinto decirle a un niño «Estoy harta de aguantar niños estúpidos como tú, ¡¿me oyes?!» que decirle «Ya sabes que en esta casa no se come entre horas. Deja el chocolate en su sitio».

3. Precisando de forma concreta y específica, con sentido del humor, la conducta inapropiada que el niño ha emitido.
   Pongamos un ejemplo: «Lo que estoy viendo: ¡a "Chita" comiendo en la selva!. Los niños no comen con las manos, eso es cosa de monos. Nosotros utilizamos el tenedor y el cuchillo».
4. La crítica tiene que ser constructiva. Esto es, hay que darle otra pauta de acción más apropiada y viable para que el niño la realice.
   Hay que evitar la crítica negativa y generalizada. Frases como: «Eres un niño malo» o «No seas egoísta», aumentan la inseguridad del niño, quien no sabe por qué están enfadados sus padres o cómo puede hacerlo bien. La reacción es buscar un «culpable» o «insistir» en la conducta inapropiada.

¿CÓMO HACER QUE EL NIÑO PRESTE ATENCIÓN A LO QUE SE LE DICE?

«Son las ocho y cuarto de la mañana, a las ocho y cuarenta minutos pasa la ruta. Rosa tiene veinticinco minutos para beberse el vaso de leche, lavarse los dientes, ponerse el abrigo, coger la mochila de los libros e ir a la parada de la ruta. Su madre tiene preparado el desayuno, Rosa se sienta y se queda contemplando el vaso de leche como abstraída. La madre le recuerda a Rosa todo lo que tiene que hacer y el tiempo que le queda, pero ésta parece no escuchar. Por fin, a las ocho y veinticinco Rosa parece disponerse a beber el vaso de leche, lo agarra con las dos manos se lo lleva a la boca y así permanece durante unos minutos pero sin sorber el contenido, mientras se entretiene jugando con la servilleta. La madre de Rosa pierde los nervios, le grita y le fuerza para que beba. De pronto, Rosa se acuerda de que tiene unos cromos nuevos en el bolsillo de su falda, los saca y empieza a jugar con ellos. La madre le amenaza con severos castigos y Rosa continúa "sin oir" ni alterarse. Son las ocho y cuarenta minutos, Rosa no se ha bebido el vaso de leche y ha perdido la ruta. La madre está furiosa.»

La falta de atención del niño hiperactivo es una de las principales causas de conflicto en su familia.

Muchos de estos niños pasan por el oftalmólogo y el otorrino para verificar su capacidad visual y auditiva. Este problema no es sensorial, sino psíquico. El niño hiperactivo parece «no oír» cuando lo que se le ordena no le interesa. Incluso, en algunas ocasiones, «se tapa los oídos con sus manos» para hacer explícito su deseo de «no enterarse».

En estos casos, sujete la cabeza del niño con sus manos, mantenga la mirada y háblele suave, pero firmemente. A continuación, pídale que le repita lo que usted le acaba de decir. Si el niño no lo recuerda, vuelva a repetir su mensaje de la misma forma.

El contacto físico es un elemento clave para atraer la atención del niño.

¿CÓMO EVITAR LAS PELEAS CON SUS HERMANOS Y/O AMIGOS?

«Ricardo y sus tres hermanos empiezan a jugar al parchís. Ricardo quiere las fichas rojas, su hermano Alejandro que es menor, también. Ricardo no cede y después de un breve forcejeo consigue convencer a Alejandro de que la próxima vez el color rojo será para él. Empieza el juego y Ricardo no tiene suerte, el dado se queda en el número uno. Ricardo se enfada porque Jaime y Alejandro han tenido mejor fortuna. Ricardo no respeta las normas del juego y hace una trampa; sus tres hermanos se lanzan contra él, Ricardo furioso tira el parchís por los aires y esconde el dado para que ninguno juegue.»

El niño hiperactivo no sabe respetar las reglas de juego, siente celos con frecuencia de sus hermanos y siempre quiere ser el ganador. Estas tres características en su conjunto hacen que se pelee con sus compañeros de juegos (hermanos o amigos) con más frecuencia que otros niños.

¿Qué hacer? Primero, ayudar al niño hiperactivo a diferenciar entre sus sentimientos y sus conductas.

Los niños, al igual que los adultos, tienen sentimientos. Es importante que los padres hablen de esto con el niño, no con tono de crítica, incluso a pesar de que los sentimientos sean negativos. El objeto de esto es que el niño identifique y sea consciente de sus sentimientos y de los de quienes le rodean. Esto le dará más seguridad.

Los sentimientos pueden y deben ser expresados, incluso si son negativos. Pero el niño tiene que diferenciar los sentimientos de las acciones. Tiene que aprender que lo que uno siente es aceptable porque los sentimientos no pueden directamente cambiarse. Ahora bien, lo que uno hace no siempre es justificable y esto sí puede modificarse.

Los niños como los adultos tienen a veces sentimientos negativos de envidia, enfado, resentimiento, celos, etc. y se culpabilizan por ello. Por esta razón, es importante que los padres le ayuden a reconocerlos y le enseñen a dirigirlos.

En segundo lugar, el niño hiperactivo tiene que identificar cuáles son sus problemas de conducta y en qué circunstancias se manifiestan.

Además, los padres pueden enseñarle a generar otro tipo de conductas más apropiadas, en sustitución de las peleas. Y, ayudarle sobre todo a ponerlas en práctica.

LAS VACACIONES

A todos los niños les entusiasma conocer cosas nuevas, pero al niño hiperactivo este hecho le excita enormemente.

Ante una situación nueva, se muestra más inquieto y caprichoso, reclama más atención, aumenta su ansiedad y está más irritable.

Las vacaciones que más alteran al niño hiperactivo son las Navidades, por la gran cantidad de estímulos novedosos (luces, ruidos, regalos, etc.) que hay y su tendencia a responder a todos ellos.

También las vacaciones de verano pueden llegar a desestabilizarle, convirtiéndolo en un niño histérico.

En estas situaciones, los padres deben intentar mantener la rutina diaria en cuestión de horarios y costumbres familiares. Los estímulos novedosos, como pueden ser los regalos de Navidad, deben darse de una sola vez. El veraneo debiera realizarse en un solo lugar, evitando los «imprevistos» y las «novedades».

Cuando se cambian los «planes de siempre» hay que comunicárselo al niño con anticipación e ir adelantándole lo que le va a ir sucediendo para permitirle adaptarse a la nueva situación.

¿CÓMO CONTROLAR LA CONDUCTA DEL NIÑO HIPERACTIVO EN UN LUGAR PÚBLICO?

> «Está usted en la sala de espera del dentista y el niño corre de un lado a otro, toca y manosea todas las revistas aunque no se entretiene con ninguna, mira a la gente, les señala con el dedo mientras a usted le hace comentarios inoportunos. Usted cada vez está más nervioso, intenta entretener al niño contándole un cuento, pero él no le escucha. Le amenaza y el niño le desafía. En este ir y venir tira algo al suelo y usted, que ya ha perdido la paciencia, le pega. El niño pierde totalmente su control: le insulta, culpa a otros de su conducta y niega su responsabilidad.»

Este tipo de conductas son propias del niño hiperactivo, quien dada su impulsividad y su tendencia a responder a todos los estímu-

los de su entorno, se excita con gran facilidad en los lugares públicos.

En estos casos, la clave del éxito para controlar su conducta consiste en anticiparse a la situación.

Los padres deben prever los posibles conflictos que puedan surgir y en base a éstos establecer una serie de «reglas de conducta». Así y en la situación descrita, los padres pueden dar tres reglas al niño: primero, *no tocar las revistas;* segundo, *no correr de un lado a otro* y tercero, *obedecer a mamá.* Estas conductas tienen, a su vez, por su cumplimiento un punto positivo. El niño conocerá de antemano el premio que le aguarda por su buena conducta.

Si pese a esta técnica el niño empieza a ponerse nervioso, los padres deben interrumpir inmediatamente la situación. Es preferible no castigarle físicamente porque esto aumenta su ansiedad e irritabilidad. En estas circunstancias, el niño puede mostrarse más crítico, hablador, culpar a otros e incluso «proclamar» cuestiones familiares delicadas. Todo esto aumenta también la ansiedad de los padres.

Una advertencia, no trate de dialogar o razonar con el niño, porque, más cabezota que nunca, insistirá en sus propios argumentos y la discusión se convierte en un refuerzo positivo a su mala conducta.

Llévele a un lugar tranquilo, sin estímulos sociales, hasta que se calme y pueda controlar su conducta. Luego, alábele por ello, hágale sentirse capaz de seguir las reglas de conducta propuestas y ganar su premio.

Los lugares más problemáticos son las salas de espera, los grandes almacenes, la peluquería, las visitas a casas de amigos o familiares y la Iglesia. Siempre que pueda evite llevar al niño a estos lugares.

LOS ENCARGOS DOMÉSTICOS

> «Pablo tiene que poner la mesa todos los días. Llega del colegio a las doce y media y tiene una hora para hacerlo. Sin embargo, Pablo no se organiza y cuando llega la hora de sentarse a la mesa, ésta nunca está preparada. Su madre se enfada, le llama gandul, pero Pablo siempre tiene una excusa. Cuanto más insiste la madre, peor es el resultado. Pablo se muestra, entonces, más cabezota, crítico y negativo. Acusa a todos los miembros de la familia, considerando que le hacen ejercer de 'esclavo', se queja de que a él siempre le toca lo peor y que no le dejan respirar por el 'gran trabajo' que le encargan.»

La colaboración del niño hiperactivo en las tareas de la casa suele ser mínima; rechaza cualquier responsabilidad.

Dada su falta de atención, los olvidos continuos y las dificultades para organizarse, el niño hiperactivo no cumple bien sus encargos. La reacción habitual de los padres es «amonestarle o reprenderle», pero como «no tolera la crítica o corrección» su actitud se vuelve más negativa todavía.

En estos casos, la medida más eficaz es incluir los encargos domésticos de su hijo en el reglamento familiar, premiándole cuando los cumpla y castigándole en el caso contrario.

Los padres pueden sorprender al niño cumpliendo su encargo y alabarle por ello. Al igual que la crítica, la alabanza tiene que ser clara y concreta. El niño tiene que saber por qué está su madre contenta. Carece de eficacia decirle: «Hoy tienes un día maravilloso»; más interesante resultaría comentarle: «Veo que estás poniendo la mesa sin que te lo tenga que recordar. Esto es estupendo y estoy muy contenta».

O bien hablar en voz alta con su marido o algún otro familiar, de tal modo que el niño le pueda oír contar lo bien que ha cumplido sus encargos (enumerando uno por uno) ese día.

LOS DEBERES ESCOLARES

«Carlos vuelve del colegio, merienda y se sienta a ver los dibujos de la televisión. Al rato su madre pregunta por él para ayudarle a hacer los deberes del colegio. Carlos no quiere apagar la televisión. Al final se llega a un acuerdo y se apaga la televisión, pero Carlos no sabe dónde ha dejado su mochila con los cuadernos. Después de mucho buscar, aparece en el dormitorio de sus padres. Cuando se inicia el estudio, Carlos no sabe qué es lo que tiene qué hacer porque no lo ha apuntado y se le ha olvidado. La madre llama a un compañero del colegio y éste le advierte que al día siguiente tienen un examen de 'Naturales'. Carlos abre su libro, lee rápidamente la lección y dice que ya se la sabe. Dado el escaso tiempo empleado, la madre sospecha que esto no puede ser cierto. Para comprobarlo le hace alguna pregunta y Carlos se inventa la respuesta, convencido de que la que está equivocada es la madre. Se niega a volver a leer la lección, la madre se enfada y le castiga. Pero, es ya la hora de cenar y el niño se tiene que acostar, por lo que el castigo queda flotando en el aire.»

A fin de responsabilizar al niño en sus tareas escolares, los padres deben hacer varias cosas:

1. *Controlar el uso y puesta al día de la agenda escolar.* Esto es, el niño debe tener un cuaderno con los días de la semana. Cada día anotará las asignaturas que ha tenido, lo que ha hecho en cada una durante el tiempo de clase y los deberes que lleva para el día siguiente.
2. *Controlar que lleve a casa todos los libros y cuadernos que emplea en el colegio.* El niño debe traer el material necesario para hacer sus deberes. Es frecuente que olvide el libro de lengua, aunque al día siguiente tenga un examen de esta asignatura.
3. *Vigilar que lleve al colegio todo lo que necesita (libros, cuadernos, lápiz, etc.).*
4. *Exigirle que guarde los libros y los cuadernos, de forma ordenada, dentro de la mochila.*
5. *Controlar que haga las tareas escolares.* En un principio uno de los padres deberá estar con él, animándole a continuar su tarea y exigiéndole que lo haga bien.
   Para este cometido muchos padres contratan a un «profesor particular». Es importante advertir que el niño hiperactivo tiende a buscar quien le haga sus deberes y no se satisface con una ayuda encaminada a explicarle sus dudas, corregirle sus errores y exigirle el cumplimiento de su deber. Por este motivo, el profesor particular tiene que limitarse a ayudar y reforzar su aprendizaje, pero no hacer las tareas por el niño, evitando que éste le monte el «numerito».

Para que el niño se responsabilice de sus estudios sería bueno que los padres le aplicaran una de las dos técnicas antes descritas para, en función de la edad, estimular su obediencia.

La ayuda pedagógica

Aunque no todos, sí la mayoría de los niños hiperactivos tienen un rendimiento académico insuficiente e insatisfactorio.

En algunos casos, el bajo rendimiento es debido a su hiperactividad, pero en otros está asociado a problemas específicos del desarrollo.

En principio, todos los niños con un rendimiento escolar insuficiente e insatisfactorio debieran recibir una ayuda pedagógica extraordinaria, a fin de reforzarles la adquisición y la automatización de

técnicas instrumentales del aprendizaje, como son la lectura, la escritura y el cálculo.

En niños de doce o trece años en adelante, además de apoyar estos aprendizajes es necesario fomentarles el hábito de estudio, enseñarles a organizarse y planificarse, procesar la información escrita y memorizarla.

A aquellos niños que además de hiperactividad tienen problemas específicos del desarrollo hay que proporcionarles una ayuda pedagógica más concreta e intensiva, a fin de superar estas dificultades de aprendizaje.

Con el tratamiento farmacológico y la ayuda psicológica es probable que el niño mejore su rendimiento académico. No obstante, la ayuda pedagógica es importante especialmente para aquellos niños con dificultades específicas de desarrollo.

Método de enseñanza: Implantación del estilo cognitivo reflexivo, las autoinstrucciones

Este estilo de enseñanza debe utilizarse en todas las situaciones de trabajo con el niño y adaptarlo también (en la medida de lo posible) a las situaciones de juego.

El contenido de las autoinstrucciones se limita a los cinco objetivos siguientes:

1. *Definición del problema.* ¿Qué es lo que tengo que hacer?
2. *Estructurar la aproximación al problema.* Considerar todas las posibilidades.
3. *Focalizar la atención.* Tengo que centrar mi atención y pensar sólo en esto. Tengo que hacerlo «muy bien».
4. *Elección de la respuesta.* Yo pienso que es ésta.
5. *Auto-refuerzo de las respuestas correctas o rectificación de los errores.* Esto ayuda a que el niño aprenda que puede pensar por sí mismo y a rectificar cuando comete un error, además de evitar juicios negativos, como «soy tonto», que pueden interferir con una ejecución adecuada.

Ya que el principal objetivo de este procedimiento de enseñanza es la implantación de un estilo cognitivo reflexivo en el niño, éste de-

berá internalizar las instrucciones. Para ello, estos cinco objetivos tienen que realizarse en un proceso que transcurre desde la expresión en voz alta de las autoinstrucciones a una fase en que se usa del lenguaje interno. La secuencia es como sigue:

1. La madre (o el padre) modela la realización de la tarea, hablando en voz alta. El niño observa.
2. El niño realiza la tarea hablándose a sí mismo en voz alta.
3. El padre o la madre modela la realización de la tarea, mientras susurra las instrucciones que siguen.
4. El padre o la madre realiza la tarea, mientras utiliza autoinstrucciones encubiertas, con pausas y signos comportamentales de pensamiento.
5. El niño realiza la tarea utilizando autoinstrucciones encubiertas.

El padre o la madre actúan en este caso como «modelos» de la conducta del niño. Es importante que participen y «demuestren» al niño la forma correcta de ejecutar sus actividades, en lugar de utilizar instrucciones correctas que planifiquen las tareas del niño. Es conveniente, asimismo, que no se presenten como un «modelo de dominio», sino como un modelo que comete alguna vez errores y que usa estrategias para solucionar esos errores.

Finalmente y como este tipo de niños tienden a dejar las actividades incompletas y a no responsabilizarse de sus actos, es importante cuidar el último paso: «la autoevaluación». Tanto si el niño ha ejecutado bien la actividad, como si ha rectificado algún error cometido se le pone una estrella en la ficha que luego puede canjear por un premio (sacapuntas, lápices de dibujo, ver la televisión, acostarse cinco minutos más tarde, etc.).

9. El hijo hiperactivo, ¿dependencia o dejadez de los padres?

Por sus propias características, el niño hiperactivo es un niño que crea más tensión y frustración entre los que con él conviven como hemos visto en el capítulo 1.

Para un observador inexperto, en el trato con niños hiperactivos este detalle pasa inadvertido. De ahí que la conducta hiperactiva lleve a pensar a alguno que los padres del niño son unos «mal educados» o no se han responsabilizado suficientemente de la educación de su hijo.

El niño hiperactivo es hiperactivo con independencia del medio familiar que le rodee. Por tanto, la hiperactividad no es una consecuencia de la dejadez de los padres.

Al contrario, los padres conviven con un hijo excesivamente dependiente. El hijo hiperactivo busca cómo llamar la atención de los padres y para conseguir su objetivo es capaz de inventar y hacer cualquier «barrabasada» (comerse el raticida, por ejemplo). De ahí que sus padres se agoten y estresen con mayor intensidad que cualquier otro padre.

Con las técnicas que se han descrito en el capítulo anterior los padres podrán controlar mejor la conducta del niño hiperactivo y llevar una vida algo más relajada. No obstante, el cuidado que requiere el niño hiperactivo, incluso para aplicarle estas técnicas hace que el estrés de estos padres sea mayor que los de cualquier otro niño.

Por este motivo, los padres del niño hiperactivo debieran buscar tiempo a lo largo del año para tomarse unos días de vacaciones.

Este periodo de descanso es necesario para hacer frente a la conducta hiperactiva de su hijo y en absoluto constituye un síntoma de dejadez, abandono o despreocupación respecto del problema.

10. Las 100 preguntas más frecuentes sobre el niño hiperactivo

1 ¿Qué es la hiperactividad infantil?

La hiperactividad infantil es un trastorno de conducta.

2 ¿A cuántos niños afecta este trastorno?

Son hiperactivos aproximadamente del 3 % al 5 % de los niños (menores de diez años).

3 ¿Afecta por igual la hiperactividad a los niños que a las niñas?

No. La hiperactividad es diez veces más frecuente en los niños que en las niñas.

4 ¿Es un trastorno de nuestro tiempo?

No. El primer caso clínico de hiperactividad se describió hace ciento cuarenta y ocho años.

5 ¿Por qué los médicos hablan de «Trastorno por déficit de atención con hiperactividad»?

Porque el trastorno principal de estos niños es el «déficit de atención» y no el «exceso de actividad motora». Además, este «exceso de

actividad motora» desaparece con el tiempo, mientras que el «déficit de atención» suele persistir.

6 ¿Es la conducta del niño hiperactivo «anormal»?

No. Las conductas del niño hiperactivo son conflictivas sólo por la frecuencia con que se presentan, su excesiva intensidad y la inoportunidad del momento en que suceden.

7 ¿Por qué el niño hiperactivo tiene más dificultad para controlar su conducta cuando está con otros niños que cuando está solo?

Cuando el niño hiperactivo está solo es el centro de atención de la situación y, en este caso, está más motivado para controlar las continúas distracciones.

8 ¿Son todos los niños hiperactivos iguales?

No. Todos los niños hiperactivos tienen dificultades de atención, son impulsivos e hiperactivos, pero el grado de severidad de cada uno de estos rasgos es diferente para cada uno.

9 ¿Por qué el niño hiperactivo parece qué no escucha cuando le hablas?

El niño hiperactivo parece que no escucha por su dificultad para mantener la atención durante ciertos periodos de tiempo.

10 ¿Por qué al niño hiperactivo hay que repetirle mil veces las cosas para que responda?

El niño hiperactivo tiene dificultades para seguir las indicaciones y las directrices que se le marcan por su dificultad para prestar atención y mantenerla durante ciertos periodos de tiempo.

11 ¿Por qué el niño hiperactivo presta atención a «lo menos importante»?

El niño hiperactivo no sabe diferenciar «lo importante» de «lo anecdótico» y, por otra parte, tiende a responder a los estímulos más llamativos, que no siempre son los principales.

12 ¿Es el niño hiperactivo distraído?

Sí. El niño hiperactivo tiende a responder a todos los estímulos del medio, de ahí su facilidad para distraerse.

13 ¿Por qué el niño hiperactivo deja todo a «medio hacer»?

El niño hiperactivo no termina las tareas que empieza por su falta de tolerancia a la frustración y por su impulsividad.

14 ¿Por qué pasa de un juego a otro y no se entretiene con ninguno?

El niño hiperactivo es impulsivo y, por tanto, no tiene paciencia para seguir las reglas de juego.

15 ¿Por qué ese «exceso de actividad motora» sin control?

El niño hiperactivo muestra una actividad motora incesante, pero sin ninguna finalidad.

16 ¿Cómo es el comportamiento del niño hiperactivo?

Es totalmente imprevisible, inmaduro o inapropiado para su edad.

17 ¿Es el niño hiperactivo «malo»?

No. El niño hiperactivo es «travieso», porque actúa sin pensar.

18 ¿Es el niño hiperactivo agresivo?

En ocasiones, pero no todos los niños hiperactivos son agresivos. Esta agresividad es verbal (amenazas e insultos) y física (destrozan sus cosas y las de los otros niños y se meten con frecuencia en peleas).

19 ¿Es un niño mentiroso?

El niño hiperactivo miente con frecuencia para ganarse la aprobación de sus padres, profesores y compañeros, dándose un poco de importancia.

20 ¿Tiene dificultades de aprendizaje?

Aunque no todos, la gran mayoría de los niños hiperactivos presentan dificultades en el aprendizaje.

21 ¿Tiene el niño hiperactivo una inteligencia inferior a lo normal que justifique sus dificultades de aprendizaje?

Su capacidad intelectual puede ser baja, normal o alta, como la de cualquier otro niño. Por tanto, las dificultades de aprendizaje del niño hiperactivo no pueden justificarse, en la mayoría de los casos, por una capacidad intelectual deficitaria.

22 ¿Es el niño hiperactivo desobediente?

Sí. El niño hace lo contrario de lo que se le pide o, simplemente, no lo hace.

23 ¿Es el niño hiperactivo irritable?

Sí. El niño hiperactivo se irrita cuando sus deseos no se satisfacen «ya y ahora».

24 ¿Por qué el niño hiperactivo siempre tiene una excusa que justifique sus fracasos?

El niño hiperactivo tiene un pobre concepto de sí mismo y, por tanto, no tolera el fracaso o la responsabilidad de sus malas acciones.

25 ¿Por qué el niño hiperactivo adopta una actitud fanfarrona o presuntuosa?

Porque el niño hiperactivo no sabe perder.

26 ¿Por qué el niño hiperactivo se enfada y se hace más insoportable cuando está en una situación de grupo?

Porque el niño hiperactivo siempre quiere ser el centro de atención.

27 ¿Es el ambiente familiar la causa de la hiperactividad?

La hiperactividad es consecuencia, en algunos casos, de un ambiente familiar caótico y desestructurado. Sin embargo, esto no es lo habitual.

28 ¿Por qué los padres del niño hiperactivo se culpan de ser negligentes e ineficaces para educar a su hijo?

Los padres consideran la conducta hiperactiva de su hijo como un rechazo a su forma de actuar y esto les lleva a autoacusarse de ineficaces y negligentes.

29 ¿Es habitual que los padres desencadenen sentimientos hostiles hacia el niño?

Sí. El niño hiperactivo tiene cierta habilidad para hacer perder el control a los que conviven con él. Los padres no deberán sentirse culpables por ello, pero sí deben poner los medios para salir de esta situación.

30 ¿La discordia marital es causa o consecuencia de la hiperactividad del niño?

La discordia marital suele ser una consecuencia de la conducta hiperactiva del niño. En este caso, los padres deberán poner conjuntamente los medios necesarios para corregir la hiperactividad de su hijo.

31 ¿Tienen las madres de los niños hiperactivos un mayor riesgo a padecer depresiones?

Sí. La madre del niño hiperactivo recibe un «feedback» negativo de su marido y quizás también de los profesores y de otros familiares y/o profesionales. Ante esto, la madre empieza a creer que su hijo es un fracasado y que ella no está preparada para educarle. Todo esto le produce mal humor y malestar, hasta el extremo de poder llegar a desencadenarse una depresión.

32 ¿Son las madres de los niños hiperactivos más propensas a beber o a autoadministrarse tranquilizantes?

Sí, porque su hijo hiperactivo les genera un alto nivel de ansiedad.

33 ¿Cómo influye la hiperactividad del hermano menor en su hermano mayor no hiperactivo?

Si el hermano mayor es muy responsable tiene cierto riesgo de sufrir trastornos depresivos.

34 ¿Cómo influye la hiperactividad del hermano mayor en su hermano menor no hiperactivo?

Los hermanos menores del niño hiperactivo generan un concepto de sí mismos bajo, un estado emocional depresivo y ansioso y ciertos sentimientos de ineficacia.

35 ¿Cómo repercute en la dinámica familiar un niño hiperactivo adoptado?

Cuando el hijo hiperactivo es adoptado, a los sentimientos de culpabilidad e ineficacia se añaden las atribuciones erróneas de que el niño tiene «dificultades emocionales» y ellos no saben ayudarle a resolverlas.

36 ¿Cuáles son las quejas más frecuentes del profesorado respecto del niño hiperactivo?

Los profesores se quejan de que el niño hiperactivo no es capaz de permanecer en su pupitre, molesta a sus compañeros mientras trabajan y no se concentra para seguir las explicaciones o realizar las actividades que se proponen en el aula.

37 ¿Cuál es la conducta más conflictiva en el colegio?

La falta de disciplina. El niño hiperactivo no responde con la misma facilidad y prontitud que otros niños a lo que le pide su profesor: hace lo contrario o, simplemente, no lo hace.

38 ¿Qué piensa el profesor del niño hiperactivo?

El profesor suele calificar a estos niños de cabezotas, negativos, descuidados, holgazanes y desobedientes. Con frecuencia, el profesor atribuye esta conducta a una mala adaptación del niño al colegio o a los padres que no han sabido educar a su hijo.

39 ¿Cómo es la relación del niño hiperactivo con sus compañeros de clase?

El niño hiperactivo puede ser el líder de la clase o, por el contrario, ser rechazado por sus compañeros.

40 ¿Por qué algunos niños hiperactivos tienen un rendimiento escolar insuficiente?

Algunos niños hiperactivos tienen dificultades en su desarrollo intelectual y perceptivo; muestran un desarrollo intelectual desigual y «alteraciones específicas del desarrollo».

41 ¿Qué dificultades tiene el niño hiperactivo en el aprendizaje?

Las dificultades en el aprendizaje del niño hiperactivo estriban principalmente en la adquisición y el manejo de la lectura, la escritura y el cálculo. Estos niños, también manifiestan dificultades para memorizar lo que aprenden y para generalizar la información adquirida.

42 ¿Por qué algunos niños hiperactivos que no sacan «malas» notas tienen un rendimiento escolar insatisfactorio?

Esto se explica por las características de la hiperactividad. El niño hiperactivo se distrae fácilmente y no es capaz de mantener la atención durante breves periodos de tiempo. Por otra parte, tampoco acepta perder o fracasar y cuando una tarea le supone un poco más de esfuerzo, la abandona con el mismo entusiasmo que la emprendió.

43 ¿Son las complicaciones en el embarazo o en el parto una constante para que luego se desencadene la conducta hiperactiva?

Aunque estas dificultades no son una constante en todos los niños hiperactivos, sí pueden considerarse como un factor de riesgo.

44 ¿Qué caracteriza al niño hiperactivo durante el periodo neonatal y en la primera infancia?

Estos niños presentan dificultades para dormir y para comer, son inquietos e irritables y, en la práctica, resulta imposible consolarles.

45 ¿Qué caracteriza al niño hiperactivo de 4 a 6 años?

Los padres describen a su hijo como un niño impulsivo, desobediente y agresivo. El niño muestra un temperamento explosivo, no sabe jugar solo, los juguetes no le entretienen y las relaciones con sus compañeros no son buenas, sino que se caracterizan por peleas y discusiones continuas.

46 ¿Qué caracteriza al niño hiperactivo de 7 a 12 años?

A esta edad, el niño hiperactivo puede empezar a vivenciar su vida como un fracaso para adaptarse a las demandas de sus padres, del colegio y de sus compañeros. Es, por tanto, frecuente que el niño empiece a presentar síntomas de depresión. Por otra parte, los intereses del niño van cambiando y la conducta disruptiva adquiere más trascendencia.

47 ¿Por qué hay niños hiperactivos que a esta edad tienen un rendimiento escolar suficiente?

Los niños hiperactivos que trabajan diariamente con sus padres, reforzando los aprendizajes básicos adquiridos en el colegio, y aquellos niños con un nivel de inteligencia alto pueden superar los cursos escolares.

48 ¿Comete el niño hiperactivo «pequeños hurtos»?

Sí. La impulsividad le lleva a «hacerse» con lo que desea, sin pensar en las consecuencias. El razonamiento del niño es que si él quiere algo está en su pleno derecho de llevárselo y ya lo devolverá.

49 ¿Por qué algunos profesores aconsejan a los padres del niño hiperactivo que repita curso?

En algunas ocasiones, los profesores consideran al niño hiperactivo como inmaduro y proponen a sus padres que repita curso. Al repetir un curso el niño cuenta con más tiempo para adquirir la madurez que le falta y se encontrará, además, en un contexto más homogéneo

para él. Sin embargo, para el niño hiperactivo, el paso del tiempo es por sí solo totalmente ineficaz.

50 ¿Cómo es el adolescente hiperactivo?

El adolescente hiperactivo se vuelve discutidor, desafiante e intolerable por sus caprichos. Por otra parte, el rendimiento académico empeora, la sensación de fracaso se generaliza y la autoestima se hace cada vez más negativa. En consecuencia, el riesgo a tener depresiones aumenta en estos adolescentes.

51 ¿Es mayor el intento de suicidio entre adolescentes hiperactivos?

Sí, el número de intentos de suicidio es mayor entre estos adolescentes, ya sea por los rasgos depresivos que el fracaso escolar desencadena, ya sea por la impulsividad que les lleva a actuar sin reflexionar.

52 ¿Cuáles son los puntos más conflictivos para el hiperactivo en la adolescencia?

El abuso del alcohol y/o la adicción a cualquier otra droga; el abuso de las experiencias se nxuales tempranas y los accidentes de tráfico.

53 ¿Por qué el adolescente hiperactivo es más propenso que otros chicos de su edad a abusar del alcohol y/o cualquier otra droga?

Porque algunas de estas sustancias tienen un efecto sedante para el adolescente hiperactivo. Al ingerir una droga los niveles de los neurotransmisores cerebrales se alteran y el adolescente se siente menos confundido, está más seguro de sí mismo y puede organizarse mejor. Este efecto agradable unido a la falta de dominio que sobre sí mismo tiene le convierte en fácil presa.

54 ¿A quién acudir en caso de sospechar que su hijo es hiperactivo?

Si usted sospecha que su hijo es un niño hiperactivo debe acudir a un médico (psiquiatra infantil, pediatra o neurólogo) y a un psicopedagogo.

55 ¿Cuándo se puede establecer el diagnóstico de hiperactividad?

Hasta los tres años de edad no se puede establecer el diagnóstico en el niño hiperactivo.

56 ¿Por qué es complejo y difícil diagnosticar a un niño hiperactivo?

Porque el niño hiperactivo no es el que solicita la ayuda del profesional, es capaz de ajustar y controlar su conducta ante una situación nueva y/o cuando recibe un trato individualizado y para el diagnóstico de la hiperactividad no contamos con pruebas o técnicas que confirmen de una manera precisa y evidente el trastorno.

57 ¿Qué fases han de seguirse en la valoración de la hiperactividad?

En primer lugar, debe haber una entrevista con los padres a fin de obtener información sobre el desarrollo y la conducta del niño. Además de esta información, es preciso que el especialista observe la conducta del niño. Finalmente, para verificar el diagnóstico de hiperactividad es necesario aplicar algunas pruebas específicas.

58 ¿Es hereditaria la hiperactividad?

Los familiares del niño hiperactivo presentan, por lo general, más problemas de índole psicopatológica. Pero se desconoce cómo se transmite este trastorno.

59 ¿Tiene el niño hiperactivo una lesión cerebral?

No, el niño hiperactivo no tiene ninguna lesión orgánica demostrable en su cerebro.

60 ¿Por qué es mi hijo hiperactivo?

Los datos de las últimas investigaciones apuntan que los niños hiperactivos tienen un desajuste bioquímico en el sistema nervioso. En concreto, parece que neurotransmisores como las catecolaminas no están bien equilibrados. Este desequilibrio sería el agente responsa-

ble de las dificultades que el niño hiperactivo tiene para centrar su atención y mantenerla durante un cierto tiempo, así como la falta de autocontrol y ajuste de su conducta a las demandas del medio.

61 ¿Es la hiperactividad una reacción alérgica a cierto tipo de alimentos?

Durante algún tiempo se consideró que la hiperactividad era una reacción alérgica a cierto tipo de alimentos, como el azúcar y los condimentos. Sin embargo, un régimen de alimentación sin condimentos ni azúcar no corrige la hiperactividad.

62 ¿Existen soluciones para la hiperactividad?

En la actualidad, la conducta del niño hiperactivo puede ser controlada, aunque no siempre remite el trastorno.

63 ¿Serán mis otros hijos también hiperactivos?

Según parece, los hermanos del niño hiperactivo tienen más riesgo que otros niños de manifestar problemas similares de conducta y/o aprendizaje.

64 ¿Cuál es el futuro de mi hijo hiperactivo?

El futuro del niño hiperactivo es imprevisible.

65 ¿Cuántos niños hiperactivos se recuperan totalmente?

En el 25% de los niños diagnosticados como hiperactivos esta conducta desaparece por completo al llegar a la adolescencia.

66 ¿Qué sucede en aquellos casos en los que la hiperactividad no remite en la adolescencia?

Un 50% de los casos continúan presentando dificultades de atención y se muestran impulsivos durante su vida adulta. Estos adultos

hiperactivos tienen cierto riesgo de sufrir depresiones. En una proporción menor, hay un grupo de hiperactivos en los que no sólo persisten las conductas específicas de hiperactividad, sino que a éstas se asocian conductas antisociales.

67 ¿Qué tipo de relación hay que mantener con el médico?

Los padres deben exponer de forma clara y precisa los problemas de conducta que el niño presente en el contexto familiar, especificando las situaciones y los momentos más conflictivos del día. Es también conveniente que los padres proporcionen información sobre el comportamiento de su hijo en el colegio.

68 ¿Qué actitud tomar frente a los maestros?

Conviene que los padres expliquen claramente al profesor los problemas de su hijo y el tratamiento que se le está aplicando.

69 ¿Puedo hacer algo por mi hijo?

Por su hijo puede usted hacer muchas cosas, todas ellas eficaces.

70 ¿Puede un maestro ayudar al niño hiperactivo?

Los maestros son, sin duda alguna, los profesionales que más pueden hacer en el aula por el aprendizaje del niño hiperactivo.

71 ¿Por qué se utilizan fármacos en el tratamiento de la hiperactividad?

Porque la hiperactividad es un trastorno neurológico. Los problemas psicológicos y sociales que con frecuencia acompañan a la hiperactividad son consecuencias de ella y no constituyen el origen del problema.

72 ¿Es curativo el efecto de los fármacos para el niño hiperactivo?

Los fármacos que se administran al niño no curan la hiperactividad, pero sí ayudan a controlarla. Los fármacos facilitan el que se genere en el organismo una mayor cantidad de catecolaminas y, de esta forma, los niveles de atención y la inquietud motora se ajustan mejor a las demandas del medio.

73 ¿Crean dependencia física los fármacos que se utilizan en la hiperactividad infantil?

Los fármacos que se administran al niño hiperactivo no crean una dependencia física.

74 ¿Pueden originar estos fármacos una dependencia psíquica en el niño hiperactivo o en sus padres?

En algunas ocasiones, estos fármacos pueden generar una dependencia psíquica. Este tipo de dependencia, cuando se produce, es más frecuente en los padres que en los niños porque mientras el niño está bajo el efecto de la medicación, su conducta está más ajustada a lo que se le pide y la relación con sus padres y hermanos es más positiva. En consecuencia, es muy probable que los padres atribuyan estos efectos positivos a la medicación y teman enfrentarse de nuevo a los problemas de conducta planteados por el niño. La dependencia por parte del niño es menos frecuente y puede aparecer cuando la medicación se administra de forma incorrecta.

75 ¿Perjudica esta medicación la salud de mi hijo?

No, esta medicación no sólo no perjudica la salud del niño, sino que la beneficia en tanto que le ayuda a lograr un mayor ajuste psicosocial.

76 ¿Es importante explicar al niño por qué debe tomar pastillas?

Sí, el niño debe saber por qué y para qué toma pastillas. Es evidente que la explicación que dé al niño dependerá de su edad y del uso que en la familia se hace de los fármacos.

77 ¿Por qué no debe asociar el niño las pastillas con la idea de enfermedad?

Porque la idea de enfermedad hace al niño más dependiente del adulto y no le ayuda a responsabilizarse.

78 ¿Por qué es bueno que el niño atribuya «parte» de su cambio a la medicación y «parte» a su esfuerzo?

Esto es importante para que el niño no desencadene una dependencia psíquica en relación con la pastilla y no se aburra de tomarla diariamente.

79 ¿Qué objetivo se persigue con la medicación?

El objetivo que se persigue con la medicación no es sólo controlar la conducta del niño, sino también ayudarle a ajustarse mejor a las necesidades del entorno, haciendo más eficaz su trabajo.

80 ¿Qué medicamentos se administran en la hiperactividad?

En la actualidad, disponemos de tres fármacos en el mercado (Dexodrine, Rubifen y Cylert), para el tratamiento de la hiperactividad. Todos ellos son fármacos estimulantes y no tranquilizantes.

81 ¿No se pondrá más nervioso el niño con una medicación estimulante?

Los fármacos estimulantes no sólo no excitan al niño hiperactivo, sino que lo calman y le dan tranquilidad.

82 ¿Puede hacerse mi hijo adicto a esta medicación?

No, porque al niño no le gustarán nunca las pastillas.

83 ¿Qué efectos produce esta medicación en el niño hiperactivo?

El niño hiperactivo se encuentra más tranquilo y está menos inquieto, su capacidad de atención mejora, se muestra menos cabezota y su conducta es más fácil de manejar. Por otra parte, el temperamento explosivo se suaviza o desaparece, el estado de ánimo puede estabilizarse, disminuye la impulsividad, mejora la caligrafía y el niño se organiza mejor.

84 ¿Por qué no se utilizan fármacos tranquilizantes para estos niños?

Los tranquilizantes pueden reducir el nivel de actividad motora del niño, pero ni aumentan su capacidad de concentración ni disminuyen su impulsividad. Es probable, por tanto, que persistan los problemas de comportamiento en casa y en el colegio.

85 ¿Cuándo administrar la medicación?

Cada niño responde de forma distinta a la medicación. Por tanto, el médico debe conocer cuál es el patrón de conducta del niño hiperactivo en casa y en el colegio, a fin de ajustar mejor la medicación.

86 ¿Por qué se retira la medicación temporalmente?

Esto es importante para que el niño no se habitúe a esta sustancia y deje de responder.

87 ¿Qué efectos secundarios pueden originar estos fármacos?

Como efectos secundarios hay que hacer notar la falta de apetito y de sueño. El niño puede perder un poco de peso, pero nunca en un grado tan severo que haya que dejar de administrar la medicación. En relación con el sueño, nunca debe de administrarse el fármaco antes de acostarse.

88 ¿Durante cuánto tiempo deberá tomar la medicación?

El tiempo del tratamiento dependerá en cada caso de la severidad de este trastorno, que es distinta para cada niño, y de la respuesta de éste al tratamiento. En cualquier caso, el médico decidirá cuándo retirar definitivamente la medicación.

89 ¿Deberá mi hijo tomar fármacos durante toda su vida?

Con el transcurso del tiempo y en función de cuál sea el desarrollo del niño, es muy probable que se le retire definitivamente la medicación. Aunque también es posible que la vuelva a necesitar en periodos en que se encuentra más tenso, como suele ocurrir durante los exámenes.

90 ¿Cómo enseñar a obedecer al niño hiperactivo?

Los padres deben establecer un «reglamento familiar» y hacer que el niño lo cumpla.

91 ¿Cómo hacer que el niño cumpla el reglamento familiar?

Para esto, los padres deberán poner en marcha, junto con el reglamento, un sistema de premios y castigos.

92 ¿Qué tipo de premios debo utilizar?

Todo aquello que le resulte agradable y desee alcanzar el niño, de tal modo que haga lo que sea por conseguirlo.

93 ¿Es eficaz el castigo para controlar la conducta del niño hiperactivo?

El castigo puede ser útil para controlar conductas temporales, pero a largo plazo carece de eficacia.

94 ¿Cómo premiar y castigar sin hacer del niño un chantagista?

Los premios y los castigos deben ser inmediatos a la conducta emitida por el niño y tienen que aplicarse siempre.

95 ¿Cómo corregir al niño hiperactivo sin provocar una rabieta?

En primer lugar, con mucha paciencia. El tono de voz debe ser firme pero suave: evite los gritos y las explosiones de irritabilidad. Es importante, precisar de forma concreta y específica la conducta inapropiada que el niño ha emitido y, finalmente, darle otra pauta de acción más apropiada para que el niño la realice.

96 ¿Cómo hacer que el niño preste atención a lo que se le dice?

Sujete la cabeza del niño con sus manos, mantenga la mirada y háblele suave, pero firmemente. A continuación, pida al niño que le repita lo que usted le acaba de decir. Si el niño no lo recuerda, vuelva a repetir su mensaje de la misma forma.

97 ¿Cómo evitar las peleas con sus hermanos y/o amigos?

Ayude a su hijo hiperactivo a diferenciar entre sus sentimientos y sus conductas. Además, el niño hiperactivo tiene que identificar cuáles son sus problemas de conducta y en qué circunstancias se manifiestan. Por último, los padres pueden enseñar al niño a generar otro tipo de conductas más apropiadas y, sobre todo, ayudarle a ponerlas en práctica.

98 ¿Cómo controlar la excitación de estos niños en vacaciones?

En estas situaciones, los padres deben intentar mantener la rutina diaria en cuestión de horarios y costumbres familiares. El veraneo debiera realizarse en un solo lugar, evitando los imprevistos y las novedades.

99 ¿Cómo controlar la conducta del niño hiperactivo en un lugar público?

En estos casos, la clave del éxito para controlar la conducta del niño hiperactivo consiste en anticiparse a la situación. Los padres deben prever los posibles conflictos que puedan surgir y en base a éstos establecer una serie de «reglas de conducta».

100 ¿Es el hijo hiperactivo consecuencia de la dependencia o dejadez de los padres?

La hiperactividad no es consecuencia de la dejadez de los padres. Al contrario, los padres conviven con un hijo excesivamente dependiente. Por este motivo, los padres del niño hiperactivo debieran buscar tiempo a lo largo del año para tomarse unos días de vacaciones.

Vocabulario: Palabras que usa el médico

A

Actómetro. Instrumento mecánico que mide el movimiento.

Ansiedad. Estado de inquietud y desasosiego.

C

Catecolaminas. Grupo de neurotransmisores que actúan en el sistema nervioso y hacen posible su funcionamiento.

Conducta. Forma de actuar y reaccionar de una persona frente a situaciones o vivencias concretas.

Conducta disruptiva. Forma de actuar molesta, inoportuna y desagradable de una persona frente a situaciones o vivencias concretas.

Control de esfínteres. Control de orina y excrementos.

Corteza cerebral. Capa exterior del cerebro constituida por la sustancia gris donde se encuentran las principales neuronas que son el soporte de las funciones cerebrales superiores.

D

Déficit sensorial. Disminución de la capacidad de uno o varios sentidos (vista, oído, olfato, gusto o tacto).

Déficit de atención. Disminución de la capacidad de atender.

Desajuste bioquímico. Desequilibrio en la regulación de los neurotransmisores que controlan el funcionamiento del sistema nervioso.

Disfunción Cerebral Mínima. Alteración leve en el funcionamiento del sistema nervioso.

E

Escalas de conducta. Cuestionarios que tienen por objeto conocer la conducta del sujeto.

Estímulo. Variación de la energía física, dentro o fuera del organismo, capaz de influir en el sistema nervioso aferente a través de receptores, o que activa un receptor.

Estrés. Reacciones fisiológicas y emocionales ante situaciones peligrosas y la presión, frustración, conflicto y ansiedad que se producen en tales situaciones.

F

Feedback. Información que recibe una persona sobre su actuar.

G

Gen. Cada una de las partículas dispuestas en un orden fijo a lo largo de los cromosomas, que determinan la aparición de los caracteres hereditarios.

H

Hiperactividad. Actividad motora excesiva y sin finalidad.

I

Impulsividad. Actuar sin reflexionar.

Impulso nervioso. Mecanismo a través del cual se comunican las neuronas en el sistema nervioso, haciendo posible su funcionamiento.

Inmadurez. Falta de ajuste en el actuar de una persona en función de su edad cronológica.

L

Labilidad emocional. Estado emocional desequilibrado, con cambios bruscos de humor que son desproporcionados a las situaciones que lo provocan.

Lesión cerebral. Daño en el cerebro.

Llamar la atención. Conducta cuya finalidad es provocar o atraer la atención de alguien hacia uno mismo.

M

Metabolismo. Conjunto de transformaciones de las sustancias químicas materiales que se realizan en las células del organismo.

N

Neuronas. Células nerviosas encargadas de las funciones del cerebro.

Neurotransmisor. Substancia química encargada de transmitir las órdenes de una neurona a otra.

P

Podómetro. Instrumento mecánico que, a través de los cambios que se producen en un mecanismo, contabiliza los pasos dados por el sujeto.

T

Temperamento. Constitución particular de cada persona.

Tests psicológicos. Pruebas que tienen por objeto conocer el funcionamiento de algunas de las habilidades y disposiciones psíquicas del sujeto.

Tolerancia a la frustración. Capacidad de una persona para controlar sus caprichos, aceptar sus errores y asumir cualquier consecuencia que puede derivarse del incumplimiento de sus deseos de logro y motivaciones.

Trastorno neurológico. Perturbación cuyo origen se haya en el funcionamiento del sistema nervioso .

Trastornos neurovegetativos. Perturbaciones que afectan a las funciones autónomas e involuntarias del ser humano.

Bibliografía

BARKLEY, R. A., *Hyperactive Children. A Handbook for Diagnosis and Treatment,* New York, The Guildford Press, 1981.

GRANELL, E., *Aplicación de técnicas de modificación de conducta para el control de la hiperactividad en el ambiente natural,* México, Trillas, 1979.

HUNSUCKER, M. A., *Attention, Deficit Disorder, 4.ª* ed. EE.UU., Glenn Hunsucker, 1990.

MIRANDA, A. y SANTAMARIA, M., *Hiperactividad y dificultades de aprendizaje. Análisis y técnicas de recuperación,* Valencia, Promolibro, 1985.

ORJALES VILLAR, I., *Niño hiperactivo*. Madrid, CEPE.

RENSHAW, D. C., *El niño hiperactivo.* México, La Prensa Médica Mexicana, 1986.

SAFER, D. y ALLEN, R., *Niños hiperactivos: diagnóstico y tratamiento,* Madrid, Santillana, 1978.

TAYLOR, E.A., *El niño hiperactivo*, Barcelona, Martínez Roca, 1990

VALETT, R. E., *Niños hiperactivos: Guía para la familia y la escuela,* Madrid, Cincel-Kapelusz, 1981.

WENDER, P. H., *The hyperactive child, adolescent, and adult. Attention Deficit Disorder Through the Lifespan,* New York, Oxford University Press, 1987.

Colección
EDUCACION HOY

Volúmenes publicados:

ADLER, M.: *Manifiesto educativo. Propuesta del Grupo Paideia.*

AGÜERA, I.: *Curso de Creatividad y Lenguaje.*

—Estrategias para una lectura reflexiva.

—Ideas prácticas para un currículo creativo.

AGUILERA, C. y VILLALBA, M.: *¡Vamos al museo! Guías y recursos para visitar los museos.*

ANTUNES, C.: *Estimular las inteligencias múltiples. Qué son, cómo se manifiestan, cómo funcionan.*

BADILLO, R. M.ª: *Cuentos para "delfines". Autoestima y crecimiento personal. La didáctica del ser.*

BALL, S.: *La motivación educativa. Actitudes. Intereses. Rendimiento. Control.*

BATLLORI, J.: *Juegos para entrenar el cerebro. Desarrollo de habilidades cognitivas y sociales.*

BLANCHET, A.; GHIGLIONE, R.; MASSONNAT, J. y TROGNON, A.: *Técnicas de investigación en ciencias sociales. Datos. Observación. Entrevista. Cuestionario.*

BOUJON, Ch. y QUAIREAU, Ch.: *Atención, aprendizaje y rendimiento escolar. Aportaciones de la Psicología Cognitiva y Experimental.*

CALLEJAS, J. M.: *El teatro educa. Experiencias didácticas en filosofía.*

CANDAU, V. M.: *La Didáctica en cuestión. Investigación y enseñanza.*

CARRERAS, Ll. y otros: *Cómo educar en valores. Materiales, textos, recursos y técnicas.*

COLECTIVO «CAMPOS DE CASTILLA»: *La Escuela Rural. Un Proyecto educativo en marcha.*

CUERVO, M. y DIÉGUEZ, J.: *Mejorar la expresión oral. Animación a través de dinámicas grupales.*

D'HAINAUT, L.: *Los sistemas educativos. Análisis y regulación.*

DE LA GARANDERIE, A.: *Los perfiles pedagógicos. Descubrir las aptitudes escolares.*

DELAIRE, G. y ORDRONNEAU, H.: *Los equipos docentes. Formación y funcionamiento.*

DÍAZ, C.: *La creatividad en la Expresión Plástica. Propuestas Didácticas y metodológicas.*

DUSCHL, R.: *Renovar la enseñanza de las Ciencias. Importancia de las teorías y su desarrollo.*

ESTELLA, J. : *Programa docente de Química para la formación de profesores.*

FERNANDES, E.: *Proyecto educativo para una sociedad nueva.*

FERNÁNDEZ, I.: *Prevención de la violencia y resolución de conflictos. El clima escolar como factor de calidad.*

FERNÁNDEZ, S.: *Didáctica de la gramática.*

FISCHER, G. N.: *Psicología social. Conceptos fundamentales.*

—Campos de intervención en psicología social. Grupo. Institución. Cultura. Ambiente social.

GAGO, R. y RAMÍREZ, J.: *Guía práctica del profesor-tutor en Educación Primaria y Secundaria.*

GARCÍA PRIETO, A.: *Niños y niñas con parálisis cerebral. Descripción, acción educativa e inserción social.*

GÓMEZ, M.ª T.; MIR, V. y SERRATS, M.ª G.: *Propuestas de intervención en el aula. Técnicas para lograr un clima favorable en la clase.*

GONNET, J.: *El periódico en la escuela. Creación y utilización.*

HERNÁNDEZ, A. J.: *Metodología sistémica en la enseñanza universitaria. Un proyecto de integración ecológica y pedagógica.*

I.E.P.S.: *Educación y solidaridad. Propuestas de reflexión y acción.*

ITURBE, T.: *Pequeñas obras de teatro para representar en Navidad.*

ITURBE, T. y DEL CARMEN, I.: *El Departamento de Orientación en un centro escolar.*

JEAN, G.: *El profesor. Su cultura personal y su acción pedagógica.*

KELEMAN, S.: *La realidad somática. Proceso de la persona.*

LOFFICIER, A.: *Éxito en los estudios. Tres actitudes imprescindibles para el estudiante.*

LÓPEZ MELERO, M.: *Teoría y práctica de la Educación Especial. Educación intelectual del niño trisómico-21 (mongólico).*

MANTILÉRI, A.: *Los niños y el agua. Actividades lúdicas en piscina.*

MARTÍNEZ, B.: *La ayuda psicopedagógica compensatoria de carencias ambientales.*

MENCÍA, E.: *Educación Cívica del ciudadano europeo. Conocimiento de Europa y actitudes europeístas en el currículo.*

MORA, J. A.: *Acción tutorial y orientación educativa.*

MUNTANER, J. J.: *La sociedad ante el deficiente mental. Normalización. Integración educativa. Inserción social y laboral.*

MUZÁS, M. D.; BLANCHARD, M. y SANDÍN, M. T. (Coords.): *Adaptación del currículo al contexto y al aula. Respuesta educativa en las cuevas de Guadix.*

O.C.D.E.: *La educación y el problema del desempleo.*

—*La formación de profesores en ejercicio, condición de cambio en la escuela.*

OBRIST, A. J.: *El microordenador en la enseñanza. Posibilidades, áreas y formas de aplicación.*

ONTORIA, A. y otros: *Mapas conceptuales. Una técnica para aprender.*

—*Potenciar la capacidad de aprender y pensar. Modelos mentales y técnicas de aprendizaje-enseñanza.*

OSBORNE, R. y FREYBERG, P.: *El aprendizaje de las ciencias. Implicaciones de las ideas previas de los alumnos.*

PASCUAL, A. V.: *Clarificación de valores y desarrollo humano. Estrategias para la escuela.*

PEIRÓ, S.: *El ideario educativo. Axiología e interdisciplinariedad.*

PIANTONI, C.: *Expresión, comunicación y discapacidad. Modelos pedagógicos y didácticos para la integración escolar y social.*

PIKLER, E.: *Moverse en libertad. Desarrollo de la motricidad global.*

POINTER, B.: *Actividades motrices para niños con necesidades educativas especiales.*

POLAINO-LORENTE, A. y ÁVILA, C.: *Cómo vivir con un niño/a hiperactivo/a. Comportamiento, tratamiento, ayuda familiar y escolar.*

ROSALES, C.: *Criterios para una evaluación formativa.*

—*Didáctica de la comunicación verbal.*

RUEDA, R.: *Recrear la lectura. Actividades para perder el miedo a la lectura.*

—*Bibliotecas Escolares. Guía para el profesorado de Educación Primaria.*

SALVADOR, A.: *Evaluación y tratamiento psicopedagógicos. El Departamento de Orientación según la LOGSE.*

SÁNCHEZ, S. C.: *El movimiento renovador de la Experiencia Somosaguas. Respuesta a un proyecto educativo.*

SCHWARTZ, S. y POLLISHUKE, M.: *Aprendizaje activo. Una organización de la clase centrada en el alumnado.*

SOLER FIÉRREZ, E.: *La práctica de la inspección en el sistema escolar.*

STACEY, K. y GROVES, S.: *Resolver problemas: Estrategias. Unidades para desarrollar el razonamiento matemático.*

TITONE, R.: *El lenguaje en la interacción didáctica.*

TORREGO, J. C. (coord.): *Mediación de conflictos en instituciones educativas. Manual para la formación de mediadores.*

VILA, A.: *Tengo una hija deficiente. Evolución, socialización y tratamiento de una niña deficiente.*